—————— 阅读之前 没有真相

午夜文库

阿加莎·克里斯蒂
赫尔克里·波洛系列

阿加莎·克里斯蒂
Agatha Christie (1890—1976)

无可争议的侦探小说女王,侦探文学史上最伟大的作家之一。

阿加莎·克里斯蒂原名为阿加莎·玛丽·克拉丽莎·米勒,一八九〇年九月十五日生于英国德文郡托基的阿什菲尔德宅邸。她几乎没有接受过正规的教育,但酷爱阅读,尤其痴迷于歇洛克·福尔摩斯的故事。

第一次世界大战期间,阿加莎·克里斯蒂成了一名志愿者。战争结束后,她创作了自己的第一部侦探小说《斯泰尔斯庄园奇案》。几经周折,作品于一九二〇年正式出版,由此开启了克里斯蒂辉煌的创作生涯。一九二六年,《罗杰疑案》由哈珀柯林斯出版公司出版。这部作品一举奠定了阿加莎·克里斯蒂在侦探文学领域不可撼动的地位。之后,她又陆续出版了《东方快车谋杀案》《ABC谋杀案》《尼罗河上的惨案》《无人生还》《阳光下的罪恶》等脍炙人口的作品。时至今日,这些作品依然是世界侦探文学宝库里最宝贵的财富。根据她的小说改编而成的舞台剧《捕鼠器》,已经成为世界上公演场次最多的剧目;而在影视改编方面,《东方快车谋杀案》为英格丽·褒曼斩获奥斯卡大奖,《尼罗河上的惨案》更是成为几代人心目中的经典。

阿加莎·克里斯蒂的创作生涯持续了五十余年,总共创作了八十余部侦探小说。她的作品畅销全世界一百多个国家和地区,累计销量已经突破二十亿册。她创造的小胡子侦探波洛和老处女侦探马普尔小姐为读者津津乐道。阿加莎·克里斯蒂是柯南·道尔之后最伟大的侦探小说作家,是侦探文学黄金时代的开创者和集大成者。一九七一年,英国女王授予克里斯蒂爵士称号,以表彰其不朽的贡献。

一九七六年一月十二日,阿加莎·克里斯蒂逝世于英国牛津郡沃灵福德家中,被安葬于牛津郡的圣玛丽教堂墓园,享年八十五岁。

阿加莎·克里斯蒂 侦探作品年表

波洛系列

1920	The Mysterious Affair at Styles 《斯泰尔斯庄园奇案》
1923	Murder on the Links 《高尔夫球场命案》
1924	Poirot Investigates 《首相绑架案》
1926	The Murder of Roger Ackroyd 《罗杰疑案》
1927	The Big Four 《四魔头》
1928	The Mystery of the Blue Train 《蓝色列车之谜》
1932	Peril at End House 《悬崖山庄奇案》
1933	Lord Edgware Dies 《人性记录》
1934	Murder on the Orient Express 《东方快车谋杀案》
1935	Three-Act Tragedy 《三幕悲剧》
1935	Death in the Clouds 《云中命案》
1936	The ABC Murders 《ABC谋杀案》
1936	Murder in Mesopotamia 《古墓之谜》
1936	Cards on the Table 《底牌》
1937	Dumb Witness 《沉默的证人》
1937	Death on the Nile 《尼罗河上的惨案》
1937	Murder in the Mews 《幽巷谋杀案》
1938	Appointment with Death 《死亡约会》
1938	Hercule Poirot's Christmas 《波洛圣诞探案记》
1940	Sad Cypress 《H庄园的午餐》
1940	One, Two, Buckle My Shoe 《牙医谋杀案》
1941	Evil Under the Sun 《阳光下的罪恶》
1943	Five Little Pigs 《五只小猪》
1946	The Hollow 《空幻之屋》
1947	The Labours of Hercules 《赫尔克里·波洛的丰功伟绩》
1948	Taken at the Flood 《顺水推舟》
1952	Mrs. McGinty's Dead 《清洁女工之死》
1953	After the Funeral 《葬礼之后》
1955	Hickory Dickory Dock 《山核桃大街谋杀案》
1956	Dead Man's Folly 《弄假成真》
1959	Cat Among the Pigeons 《鸽群中的猫》
1960	The Adventure of the Christmas Pudding 《雪地上的女尸》

阿加莎·克里斯蒂 侦探作品年表

1963　The Clocks《怪钟疑案》
1966　Third Girl《第三个女郎》
1969　Hallowe'en Party《万圣节前夜的谋杀》
1972　Elephants Can Remember《大象的证词》
1974　Poirot's Early Stories《蒙面女人》
1975　Curtain—Poirot's Last Case《帷幕》

马普尔小姐系列

1930　The Murder at the Vicarage《寓所谜案》
1932　The Thirteen Problems《死亡草》
1942　The Body in the Library《藏书室女尸之谜》
1943　The Moving Finger《魔手》
1950　A Murder Is Announced《谋杀启事》
1952　They Do It with Mirrors《借镜杀人》
1953　A Pocket Full of Rye《黑麦奇案》
1957　4.50 from Paddington《命案目睹记》
1962　The Mirror Crack'd from Side to side《破镜谋杀案》
1964　A Caribbean Mystery《加勒比海之谜》
1965　At Bertram's Hotel《伯特伦旅馆》
1971　Nemesis《复仇女神》
1976　Sleeping Murder《沉睡谋杀案》
1979　Miss Marple's Final Cases《马普尔小姐最后的案件》

其他系列及非系列

1922　The Secret Adversary《暗藏杀机》
1924　The Man in the Brown Suit《褐衣男子》
1925　The Secret of Chimneys《烟囱别墅之谜》
1929　Partners in Crime《犯罪团伙》
1929　The Seven Dials Mystery《七面钟之谜》
1930　The Mysterious Mr. Quin《神秘的奎因先生》
1931　The Sittaford Mystery《斯塔福特疑案》
1933　The Witness for the Prosecution and Other Stories《控方证人》
1934　Why Didn't They Ask Evans?《悬崖上的谋杀》

阿加莎·克里斯蒂 侦探作品年表

- 1934　The Listerdale Mystery《金色的机遇》
- 1934　Parker Pyne Investigates《惊险的浪漫》
- 1939　Murder Is Easy《逆我者亡》
- 1939　And Then There Were None《无人生还》
- 1941　N or M?《桑苏西来客》
- 1944　Towards Zero《零点》
- 1945　Sparkling Cyanide《闪光的氰化物》
- 1945　Death Comes as the End《死亡终局》
- 1949　Crooked House《怪屋》
- 1950　Three Blind Mice and Other Stories《三只瞎老鼠》
- 1951　They Came to Baghdad《他们来到巴格达》
- 1954　Destination Unknown《地狱之旅》
- 1958　Ordeal by Innocence《奉命谋杀》
- 1961　The Pale Horse《灰马酒店》
- 1967　Endless Night《长夜》
- 1968　By the Pricking of My Thumbs《煦阳岭的疑云》
- 1970　Passenger to Frankfurt《天涯过客》
- 1973　Postern of Fate《命运之门》
- 1991　Problem at Pollensa Bay《神秘的第三者》
- 1997　While the Light Lasts《灯火阑珊》

出版前言

纵观世界侦探文学一百七十余年的历史，如果说有谁已经超脱了这一类型文学的类型化束缚，恐怕我们只能想起两个名字——一个是虚构的人物歇洛克·福尔摩斯，而另一个便是真实的作家阿加莎·克里斯蒂。

阿加莎·克里斯蒂以她个人独特的魅力创造着侦探文学史上无数的传奇：她的创作生涯长达五十余年，一生撰写了八十余部侦探小说；她开创了侦探小说史上最著名的"黄金时代"；她让阅读从贵族走入家庭，渗透到每个人的生活中；她的作品被翻译成一百多种文字，畅销全球一百五十余个国家，作品销量与《圣经》《莎士比亚戏剧集》同列世界畅销书前三名；她的《罗杰疑案》《无人生还》《东方快车谋杀案》《尼罗河上的惨案》都是侦探小说史上的经典；她是侦探小说女王，因在侦探小说领域的独特贡献而被册封为爵士；她是侦探小说的符号和象征。她本身就是传奇。沏一杯红茶，配一张躺椅，在暖暖的阳光下读阿加莎的小说是一种生活方式，是惬意的享受，也是一种态度。

午夜文库成立之初就试图引进阿加莎的作品，但几次都与版权擦肩而过。随着午夜文库的专业化和影响力日益增强，阿加莎·克里斯蒂的版权继承人和哈珀柯林斯出版公司主动要求将版权独家授予新星出版社,并将阿加莎系列侦探小说并入午夜文库。这是对我们长期以来执着于侦探小说出版的褒奖,是对我们的信任与鼓励,更是一种压力和责任。

新版阿加莎·克里斯蒂作品由专业的侦探小说翻译家以最权威的英文版本为底本,全新翻译,并加入双语作品年表和阿加莎·克里斯蒂家族独家授权的照片、手稿等资料,力求全景展现"侦探女王"的风采与魅力。使读者不仅欣赏到作家的巧妙构思、离奇桥段和睿智语言,而且能体味到浓郁的英伦风情。

阿加莎作品的出版是一项系统工程,规模庞大,我们将努力使之臻于完美。或存在疏漏之处,欢迎方家指正。

新星出版社
午夜文库编辑部

Agatha Christie

Over the next few years, we plan to celebrate two very important Agatha Christie anniversaries. In 2015, it is the 125th anniversary of her birth in Torquay, South Devon, England, and in 2020 it will be 100 years after her first book, THE MYSTERIOUS AFFAIR AT STYLES, featuring her famous detective, Hercule Poirot, was published. This is therefore a very appropriate moment to publish a new edition of her works, and I am delighted that HarperCollins has chosen to work with New Star on these new editions. New Star is China's top crime publisher, and has a strong and dedicated editorial staff and a continued passion for Agatha Christie, making them the ideal partner. It is the right time to make these classic books available in modern translations and so to bring Agatha Christie's books anew to her many fans in China, giving them a new reason to re-read these much-loved stories, as well as introducing them to a whole new audience. How delighted Agatha Christie would have been that her stories (as she called them) are still giving so much pleasure to so many people all over the world!

I think there are two very remarkable things about Agatha Christie's stories. The first is that they are so adaptable. It doesn't really matter which language they appear in, the stories and the plots still give the same thrill, still provide the same puzzles, and the characters still have the same attraction. Readers in China will I am sure enjoy Hercule Poirot and Miss Marple just as much as we do in England, and readers in China will still be transfixed by the surprises and horrors of AND THEN THERE WERE NONE, one of the great classics of 20th century detective fiction, as we are here.

Agatha Christie

The second is that the stories give a wonderful picture of England, particularly rural England, at the time Agatha Christie lived. She wrote books from 1920 until 1970 but it is sometimes hard to tell which part of her life each book was written in. Her characters and the life they lived were very much the same. The life we all live is changing very quickly these days but the Agatha Christie world stays the same. Perhaps the Miss Marple stories provide the best example of this, and in some ways, THE BODY IN THE LIBRARY and NEMESIS are quite similar, despite the fact that thirty years elapsed between the time they were written.

Perhaps I might end by mentioning three Agatha Christies (other than the ones mentioned above) which I think demonstrate why she is so popular, even in the twenty-first century. The first is MURDER ON THE ORIENT EXPRESS, one of the most famous with one of the most ingenious and human plots. Read this on one of your long train journeys in China! Next is A MURDER IS ANNOUNCED, a Miss Marple which was her 50th book. It has my favourite murderer in it! And last is ENDLESS NIGHT a story about evil and how it affects three young people, written at the time when I knew her best, and understood how deeply she cared and sympathised with young people and the world they lived in.

Whichever are your favourites I hope you enjoy these stories that New Star are introducing to you again. I think it is a great publishing event.

Mathew Prichard
Grandson of Agatha Christie
Chairman of Agatha Christie Ltd

致中国读者

(午夜文库版阿加莎·克里斯蒂作品集序)

在未来的几年中,我们将要筹备两个非常重要的关于阿加莎·克里斯蒂的纪念日。二〇一五年是她的一百二十五岁生日——她于一八九〇年出生于英国的托基市,二〇二〇年则是她的处女作《斯泰尔斯庄园奇案》问世一百周年的日子,她笔下最著名的侦探赫尔克里·波洛就是在这本书中首次登场。因此,新星出版社为中国读者们推出全新版本的克里斯蒂作品正是恰逢其时,而且我很高兴哈珀柯林斯选择了新星来出版这一全新版本。新星出版社是中国最好的侦探小说出版机构,拥有强大而且专业的编辑团队,并且对阿加莎·克里斯蒂的作品极有热情,这使得他们成为我们最理想的合作伙伴。如今正是一个良机,可以将这些经典作品重新翻译为更现代、更权威的版本,带给她的中国书迷,让大家有理由重温这些备受喜爱的故事,同时也可以将它们介绍给新的读者。如果阿加莎·克里斯蒂知道她的小故事们(她这样称呼自己的这些作品)仍然能给世界上这么多人带来如此巨大的阅读享受,该有多么高兴啊!

我认为阿加莎·克里斯蒂的作品有两个非常重要的特征。首先它们是非常易于理解的。无论以哪种语言呈现,故事和情节都同样惊险刺激,呈现给读者的谜团都同样精彩,而书中人物的魅力也丝毫不受影响。我完全可以肯定,中国的读者能够像我们英国人一样充分享受赫尔克里·波洛和马普尔小姐带来的乐趣;中国读者也会和我们一样，读到二十世纪最伟大的侦探经典作品——比如《无人生还》——的时候，被震惊和恐惧牢牢钉在原地。

第二个特征是这些故事给我们展开了一幅英格兰的精彩画卷，特别是阿加莎·克里斯蒂那个年代的英国乡村。她的作品写于二十世纪二十年代至七十年代间，不过有时候很难说清楚每一本书是在她人生中的哪一段日子里写下的。她笔下的人物，以及他们的生活，多多少少都有些相似。如今，我们的生活瞬息万变，但"阿加莎·克里斯蒂的世界"依旧永恒。也许马普尔小姐的故事提供了最好的范例：《藏书室女尸之谜》与《复仇女神》看起来颇为相似，但实际上它们的创作年代竟然相差了三十年。

最后，我想提三本书，在我心目中（除了上面提过的几本之外）这几本最能说明克里斯蒂为什么能够一直受到大家的喜爱。首先是《东方快车谋杀案》，最著名，也是最机智巧妙、最有人性的一本。当你在中国乘火车长途旅行时，不妨拿出来读读吧！第二本是《谋杀启事》，一个马普尔小姐系列的故事，也是克里斯蒂的第五十本著作。这本书里的诡计是我个人最喜欢的。最后是《长夜》，一个关于邪恶如何影响三个年轻人生活的故事。这本书的写作时间正是我最了解她的时候。我能体会到她对年轻人以及他们生活的世界关心至深。

现在新星出版社重新将这些故事奉献给了读者。无论你最爱的是哪一本，我都希望你能感受到这份快乐。我相信这是出版界的一件盛事。

阿加莎·克里斯蒂外孙

阿加莎·克里斯蒂有限责任公司董事长

马修·普理查德

二〇一三年二月二十日

阿加莎·克里斯蒂侦探小说全集㊵
万圣节前夜的谋杀
Hallowe'en Party

[英] 阿加莎·克里斯蒂 著
王若非 陈喆 译

新 星 出 版 社　NEW STAR PRESS

谨以此书献给P.G.沃德豪斯[①]
——多年来他的书籍和小说照亮了我的生活，
同时也很荣幸他能告知我他喜欢读我的书。

[①] P.G.沃德豪斯 (Pelham Grenville Wodehouse, 1881–1975)，英国幽默小说家。作品主要背景为一战前英国的上流社会。

第一章

阿里阿德涅·奥利弗夫人在她的朋友朱迪思·巴特勒家小住，一天晚上，她们一起去另一个朋友家帮忙准备为孩子们开的晚会。

晚会准备得热火朝天。女人们忙进忙出，搬来椅子、小桌子、花瓶和一堆黄灿灿的南瓜，然后精心摆放好。

这是一场为一群十岁到十七岁之间的孩子举办的万圣节前夜晚会。

奥利弗夫人离开人群，斜靠着一处空的墙面，捧起一只大南瓜细细打量。"我上次见到南瓜，"她一边说，一边把散落在高高的额头前的灰白头发拢了拢，"是去年在美国，有好几百个。房间里到处都是。我还从来没见过那么多南瓜。其实，"她若有所思地补充说，"我从来不知道南瓜和葫芦有什么不同。这是只南瓜还是只葫芦呢？"

"很抱歉，亲爱的。"巴特勒夫人说，她不小心被奥利弗夫人的脚绊了一下。

奥利弗夫人往墙边靠了靠。

"都怪我，"奥利弗夫人说，"是我站在这儿挡住路了。不过那确实让人特别难忘，那么多南瓜或葫芦，不管是什么吧。商店里、人们家里到处都是，有的在里面放着蜡烛或夜灯，有的系在外面。真的特别有意思。但是那不是万圣节前夜，是感恩节。现在我总是看到南瓜就想起万圣节，万圣节前夜是在十月底。感恩节要晚很多，是吧？是在十一月吗，大概是十一月第三个星期？不管怎么说，在这儿，万圣节前夜就是十月三十一日，是吧？首先是万圣节前夜，后面是什么节？万灵节吗？在巴黎，万灵节要去公墓祭奠献花。但是人们并不伤感，我是说，孩子们也跟着去，他们能玩得很开心。人们要先去花市买很多很多漂亮的花。没有哪儿的鲜花比巴黎花市的更好看。"

忙碌的女人时不时被奥利弗夫人绊到，但是她们正忙着，没有人听奥利弗夫人在说什么。

人群中大部分是当母亲的人了，还有一两个比较能干的老姑娘；有的孩子也来帮忙，十六七岁的男孩子爬上梯子或者踩着椅子，把各种装饰品、南瓜或者葫芦，还有鲜艳的魔术球挂在高处。女孩们在十一岁到十五岁之间，她们三五成群，东游西逛，不停咯咯笑着。

"万灵节祭奠之后，"奥利弗夫人肥胖的身躯伏在长椅的扶手上，"就要过万圣节了，我说得对吧？"①

没人回答她的问题。晚会的主人德雷克夫人，一位健美的中年女人，开口说道："虽然这确实是在万圣节前夜，我却不想叫它万圣节前夜晚会。我称它为'中学升学考试晚会'。来参加晚会的孩子大都在这个年龄段。大部分孩子要从榆树小学毕业，到别的地方上中学了。"

"可是这么说并不准确吧，罗伊娜？"惠特克小姐边说边不满地扶了扶她的夹鼻眼镜。

---

①实际上，正确的顺序应为十月三十一日：万圣节前夜（Hallowe'en），十一月一日：万圣节（All Saints' Day），十一月二日：万灵节（All Souls' Day）。

作为当地的一名小学教师，惠特克小姐向来注重准确性。

"因为不久前我们已经废除了小学升中学考试。"

奥利弗夫人满脸歉意地站直身子。"我什么忙都没帮上，就一直坐在这儿念叨什么南瓜、葫芦的——"顺便歇歇脚，她心里想着，有一点点过意不去，但还没愧疚到大声说出来。

"现在我能做些什么呢？"她问道，马上又接上一句，"好可爱的苹果！"

有人刚端进屋一大钵苹果。奥利弗夫人特别偏爱苹果。

"漂亮的红苹果！"她又说。

"这些苹果并不特别好，"罗伊娜·德雷克说道，"但是看起来还不错。这是为玩咬苹果准备的。都是面苹果，咬起来比较省劲儿。把苹果端去藏书室，可以吗，比阿特丽斯？咬苹果总是弄得满地是水，不过藏书室的地毯不怕湿，那地毯太旧了。哦，谢谢，乔伊斯！"

十三岁的乔伊斯长得很壮实，她麻利地把苹果端起来。有两个苹果像被女巫的魔棒指引一样滚落下来，恰巧滚到了奥利弗夫人脚边。

"您爱吃苹果，对吗？"乔伊斯说，"我从哪儿读到过，要不就是在电视上看到过。您是一位写谋杀故事的作家，是吧？"

"是的。"奥利弗夫人回答。

"我们应该让您弄一个关于谋杀案的游戏。编一个今天晚会上发生的谋杀案，然后让人们侦破它。"

"不用啦，谢谢你，"奥利弗夫人说，"再也不了。"

"您说再也不了，是什么意思？"

"哦，我曾经玩过一次，但并不是很成功。"奥利弗夫人说。

"但是您写了很多书。"乔伊斯说，"您从中赚了很多钱吧？"

"算是吧。"奥利弗夫人说,她想起了国内税收。

"您的书里有一个侦探是芬兰人。"

奥利弗夫人承认了。一个看样子还不到参加小学升中学考试的年龄的小男孩严肃地问道:"为什么是芬兰人?"

"我也想知道。"奥利弗夫人如实说道。

哈格里夫斯夫人,风琴手的妻子,拎着一个绿色的大塑料桶,气喘吁吁地走了进来。

"这个怎么样?"她说,"用它玩咬苹果行吗?我觉得肯定很好玩。"

配药师李小姐说:"镀锌桶更好些,不容易被打翻。把这些放在哪儿呢,德雷克夫人?"

"我觉得最好放在藏书室,那儿的地毯是旧的。无论怎么玩都会溅出来不少水。"

"好的。我们把这些都拿过去。罗伊娜,这儿还有一篮苹果。"

"我来帮你。"奥利弗夫人说。

她捡起脚边的两个苹果。在她还没意识到自己在做什么的时候,她已经啃上了苹果,并且"嘎吱嘎吱"地嚼起来。德雷克夫人狠狠地从她手里把剩下的那只苹果抢过来放回篮子里。人们兴奋地交谈起来。

"对呀,但是我们在哪儿玩抓火龙呢?"

"在藏书室玩吧,那间屋子最黑。"

"不,我们想在餐厅玩。"

"那得先在桌子上铺点儿东西。"

"先把这块绿桌布铺上,然后再在上面铺上橡胶垫。"

"照镜望夫是真的吗?我们真能看见我们未来的丈夫吗?"

奥利弗夫人悄悄地脱了鞋坐在长椅上，一边静静享用她的苹果，一边仔细打量满屋的人。她从作家的角度想着："现在，我要以这群人为背景写一个故事，我该怎么写呢？我想他们大体上都是好人，可到底是不是，谁知道呢？"

从某种意义上来说，对这群人一无所知对奥利弗夫人更有吸引力。这些人都住在伍德利社区，其中有些人朱迪思曾经对她提到过，所以她隐隐约约知道一些。

约翰逊小姐和教会有点关系。不是教区牧师的妹妹，哦，对，她是风琴手的妹妹，肯定是。罗伊娜·德雷克，她好像是在伍德利社区管理什么事。那个气喘吁吁的女人拎进来一只桶，一只让人讨厌的塑料桶。不过话说回来，奥利弗夫人对塑料制品从来没有好感。接着就是一群孩子了，男孩女孩都有。

目前为止，他们对奥利弗夫人来说都只是一个名字而已。南，比阿特丽斯，凯西，戴安娜，还有乔伊斯，刚才问她问题的那个自负的女孩。我不怎么喜欢乔伊斯，奥利弗夫人想。还有一个叫安，是个高高的盛气凌人的女孩。还有两个刚刚尝试剪了新发型的青春期男孩，不过新发型效果并不理想。

一个略显稚嫩的小男孩扭扭捏捏地走进来。

"妈妈让我把镜子拿过来问问行不行。"他大气也不敢喘地小声说。

德雷克夫人把镜子接过来。

"谢谢你啦，埃迪。"她说。

"这些就是普通的手镜，"叫安的女孩问道，"我们真能从这些镜子里面看见我们未来的丈夫长什么样吗？"

"有的能看到，有的看不到。"朱迪思·巴特勒回答说。

"那您以前在晚会上看见过您丈夫的样子吗——在这种晚会

上？"

"她当然没有。"乔伊斯插嘴道。

"也许她看到过呢。"比阿特丽斯骄傲地说,"那叫超感知觉。"她得意扬扬地补充说,仿佛对这个流行的新词了如指掌。

"我读过您的一本书,"安对奥利弗夫人说,"《垂死的金鱼》,写得太好了。"她礼貌地说道。

"我不喜欢那本书,"乔伊斯说,"不够血腥,我喜欢血腥味十足的谋杀。"

"那样可是一团糟,"奥利弗夫人说,"不是吗?"

"但是那才够刺激。"乔伊斯说。

"未必吧。"奥利弗夫人说。

"我见过一次谋杀。"乔伊斯说。

"别乱说,乔伊斯。"小学教师惠特克小姐说。

"我真见过。"乔伊斯说。

"真的啊?"凯西问道,她睁大眼睛盯着乔伊斯,"你真的亲眼看见过?"

"她当然没见过。"德雷克夫人说,"别乱说了,乔伊斯。"

"我真看见过,"乔伊斯坚持道,"真的。真的。真的。"

一个十七岁的男孩稳稳地坐在梯子上,颇有兴趣地向下看着。

"什么样的谋杀?"男孩问道。

"我才不信。"比阿特丽斯说。

"当然不能信,"凯西的妈妈说,"她瞎编的。"

"我没瞎编,是我看见的。"

"那你为什么没报警呢?"凯西问。

"因为我看见的时候还没意识到那是一场谋杀。我是说,很久以后我才知道那就是谋杀。大概一两个月前有人说了一些话才让我突然认识到：没错，我见到的就是一场谋杀。"

"看吧，"安说，"她全是瞎编的。都是胡说八道。"

"是什么时候的事啊？"比阿特丽斯问。

"很多年前了，"乔伊斯答道，"我当时还很小呢。"她补充说。

"谁杀了谁啊？"比阿特丽斯又问。

"我才不告诉你们呢，"乔伊斯说，"你们太讨厌了。"

李小姐拎着另一只水桶走了进来。话题马上转移到了用水桶还是塑料桶玩咬苹果的游戏比较好。于是大多数帮手都去藏书室查看场地去了。一些小一点的孩子急切地开始彩排咬苹果游戏，并排除困难来表现自己的能力。结果头发湿了，水洒得到处都是，大人们赶紧取来毛巾替他们扫尾。最后大家一致认为镀锌的水桶比塑料桶更合适，塑料桶虽然好看，但是更容易打翻。

奥利弗夫人端进来一大钵苹果，这些苹果是预备着明天用的，她又给自己拿了一个吃起来。

"我从报纸上看到您喜欢吃苹果。"一个不满的声音，来自安或苏珊——她也分不清到底是谁——对她说道。

"这个毛病一直困扰着我。"奥利弗夫人说。

"如果爱吃甜瓜就更糟了，"一个男孩反对说，"汁水丰富，更会弄得乱糟糟的。"他一边说，一边唯恐天下不乱地瞅着地毯。

奥利弗夫人对自己在大庭广众下暴露贪吃的毛病感到有些愧疚，于是她起身离开，打算去找个特别的房间安身，一个非常容易找到的房间。她爬上楼梯，在楼梯的拐弯处，撞到一对小情侣，两个人靠在一扇门上紧紧拥抱着，奥利弗夫人肯定那扇门就是自己想要找的房间的门。这对小情人根本就不理她。他们叹了口气，然后继续互相依偎着。奥利弗夫人猜想着，他们能有多大呢？男孩也就十五岁，女孩十二岁多一点，虽然她的胸部看起来发育得挺成熟。

　　这栋叫"苹果林"的房子大小合宜,奥利弗夫人觉得肯定有几处隐蔽的角落。人们都太自私了,奥利弗夫人心想。不为他人着想,她突然想起这句老话。以前接二连三有人对她说这句话,先是保姆、奶妈,后来是家庭教师、她的祖母、两个姑婆、她的母亲,还有一些其他人也说过这句话。

　　"对不起。"奥利弗夫人清晰地喊道。

　　男孩和女孩搂得更紧了,嘴唇也紧紧贴在了一起。

　　"借过,"奥利弗夫人再次说道,"先让我过去行吗?我要进去。"

　　小情侣很不情愿地分开了。他们怒气冲冲地瞪着她。奥利弗夫人径自走进去,"砰"的一声把门关上,插上插销。

　　房门并不严实。她还是听到了门外微弱的谈话声。

　　"人们怎么这样?"一个有点变声的男高音说,"他们应该知道我们不愿意被打扰。"

　　"太自私啦,"女孩尖声说,"他们只想着自己,从来不考虑别人。"

　　"不为他人着想。"男孩附和说。

第二章

为小孩子准备晚会比准备成人的聚会麻烦多了。对成人聚会来说,有好酒好菜——再备上些柠檬汁,就足够了。虽然花的钱多,但是麻烦会少很多。在这一点上,阿里阿德涅·奥利弗和她的朋友朱迪思·巴特勒看法一致。

"那青少年的晚会呢?"朱迪思问。

"我也不太清楚。"奥利弗夫人答道。

"在某种程度上,"朱迪思说,"我觉得青少年的晚会最省事了。我是说,他们把大人都赶出去,然后一切都自己动手。"

"他们自己能弄好?"

"哦,跟我们理解的不一样,"朱迪思说,"他们会忘了买一些东西,要不就是买了一堆谁都不爱吃的东西。他们把我们赶出去了,可到时候又得抱怨说那些东西我们应该提前给他们准备好,放在他们能找到的地方。他们会摔碎许多玻璃杯之类的,还总会有让人讨厌的人不请自来,或者有人带来了讨人嫌的朋友。你懂的。他们还弄了些古怪的药——叫什么来着?——花盆、紫麻还是迷幻药,我一直以为就是指钱呢,可显然不是。"

"那些药值那么多钱吗?"阿里阿德涅·奥利弗问。

"一点也不好喝,而且大麻太难闻了。"

"听着就丧气。"奥利弗夫人说。

"不管怎么样，这次晚会肯定会很顺利。相信罗伊娜·德雷克，她非常善于组织晚会。等着瞧吧。"

"我感觉我都不想参加什么晚会。"奥利弗夫人叹了口气。

"你去楼上躺一个来小时吧。到时候你肯定会喜欢的。要是米兰达没发烧就好了——她特别失望不能参加晚会，可怜的孩子。"

晚会七点半开始。阿里阿德涅·奥利弗不得不承认，她的朋友是对的。客人们都准时到场。一切进行得很顺利。晚会设计巧妙，进展顺利，一切井井有条。楼梯上装点着红灯、蓝灯，还有许多黄色的南瓜。到场的男孩女孩们都拿着装饰过的扫帚准备参加比赛。开场白后，罗伊娜·德雷克开始宣布晚会的程序。"首先进行扫帚比赛，"她说，"评出第一二三名。然后切谷粉糕，在小温室里进行。接着是咬苹果，那边墙上钉着游戏配对的名单，然后就开始跳舞。每次灯灭的时候就交换舞伴。之后每个女孩都能去小书房领一面镜子。最后进行晚餐、抓火龙，还有发奖品。"

像所有的晚会一样，刚开始大家都有些扭捏。大家一起评选扫帚，都是一些小巧的扫帚，装饰得也都简陋粗糙。"这样更容易评选，"德雷克夫人在旁边对她的朋友说，"这个比赛很有用，我是说，我们都知道总有一两个孩子在别的比赛中得不了奖，所以就能在这场比赛中偏向他们一点。"

"太缺德了，罗伊娜。"

"也不算吧。我只想让比赛更公平一点，奖品能平均分配。关键是谁都想能赢点什么。"

"切谷粉糕怎么玩？"阿里阿德涅·奥利弗问。

"哦，对了，以前我们玩的时候您不在这儿。是这样，拿一个平底酒杯装满面粉，压实，倒在托盘里，然后在上面放一枚六便士的硬币。接着每个人小心地切下一角，不能让硬币掉下来。让硬币掉下来的人就出局了。这是一场淘汰赛。自然，最后剩下的那个人就能赢得这六便士。喂，咱们走吧。"

她们走了出去。一阵阵兴奋的尖叫从藏书室传了出来，咬苹果游戏在那儿进行。从里面出来的选手头发都湿得一绺一绺的，身上也都湿漉漉的。

无论何时，最受女孩们欢迎的就是万圣节前夜女巫的来临。今年的女巫是由古德博迪夫人，一个当地的清洁女工扮演的。她不仅有女巫标志性的鹰钩鼻子和非常翘的下巴，而且能熟练地发出低沉邪恶的咕咕声，还能念出那些魔法咒语。

"下一个，过来，比阿特丽斯，是这么读吗？啊，比阿特丽斯。多么有意思的名字。你想知道你未来的丈夫长得什么样子。现在，亲爱的，坐在这儿。对，对，坐在这盏灯下面。坐在这儿，手里拿着这面小镜子，等下灯一灭你就能看到他了。你会看到他在你的上方看着你。现在握紧你的镜子。阿布拉卡达布拉，你将看见谁？将来会娶你的那个人的脸。比阿特丽斯，比阿特丽斯，你会看见，你心中所想的那个男人的脸。"

一束光突然穿过了房间，是从放在一个屏风后面的梯子上照射出来的。它照在房间特定的一个位置，正好反射在比阿特丽斯兴奋地拿着的镜子里。

"哇！"比阿特丽斯喊道，"我看到他了。我看到他啦！我能从镜子里看到他！"

光束消失了，灯光亮起来，一张印着彩色照片的卡片从天花板上飘下来。比阿特丽斯兴奋地手舞足蹈。

"就是他！就是他！我看见他了！"她喊道，"哦，他有漂亮的大胡子。"

她跑向离她最近的奥利弗夫人。

"您看看,看一看。您不觉得他很出色吗?他长得就像埃迪·普利斯维特,那个摇滚歌星。您不觉得吗?"

奥利弗夫人确实觉得他看着像她天天谴责为什么总出现在早报上的人之一。那络腮胡子,她觉得,是事后巧妙地添上去的。

"这些东西都是哪儿来的?"她问。

"哦,罗伊娜让尼克弄的。尼克的朋友德斯蒙德也帮了忙,他在摄影上很有经验。他和他的几个哥们化了妆,戴了一堆头发、鬓角、络腮胡什么的。再加上灯光还有其他东西的配合,当然会让女孩们欣喜若狂。"

"我忍不住想,"阿里阿德涅·奥利弗说道,"现在的女孩真是幼稚。"

"您不觉得一直都是吗?"罗伊娜·德雷克问道。

奥利弗夫人想了想。

"我想您是对的。"她承认。

"下面,"德雷克夫人喊道,"开饭啦。"

晚饭进行得很顺利。各种各样的糖霜蛋糕、小吃、虾、奶酪,还有坚果糖果。这些十多岁的孩子都把自己喂饱了。

"现在,"罗伊娜说,"进行晚会的最后一项,抓火龙。从这儿走过去,穿过备餐间。就是那儿。现在,先发奖品。"

奖品派发下去了,然后就听见一声女鬼似的哀号。孩子们就穿过大厅冲向餐厅。

食物已经被清理干净了。餐桌上铺上了绿色的粗呢桌布,桌面上有一大盘燃烧着的葡萄干。所有人都尖叫着,冲向桌子,抢夺燃烧着的葡萄干,边抢边喊:"哎哟,烫死我啦!太漂亮啦!"火龙摇摇曳曳,一点点熄灭了。灯光亮起来,晚会结束了。

"晚会很成功。"罗伊娜说。

"你的辛苦没有白费。"

"晚会好极了。"朱迪思轻声说,"好极了。"

她悲伤地补充道:"现在,我们得稍微打扫打扫。不能把这一片狼藉给那些可怜的女人留到明天早上。"

第三章

伦敦一栋公寓的电话铃响起来，打扰了坐在椅子上的公寓主人，赫尔克里·波洛。一阵失望向他袭来。他不用接电话就知道是什么事。他的朋友索利今天晚上原本要过来，接着跟他无休止地争论坎宁路公共浴池谋杀案真正的凶手是谁。而这通电话肯定是要告诉他，索利来不了了。波洛已经为自己那有些牵强的推论找出了许多证据，现在他更感到非常失望。他觉得索利不会同意他的推断，不过他也毫不怀疑，当索利提出他荒谬的想法时，他，赫尔克里·波洛，也能轻易地从情理、逻辑、次序和方法等方面推翻他的设想。索利今晚来不了了，至少会让他心神不宁。但是今天早些时候他们俩见过面，当时索利确实咳嗽得厉害，他得了严重的传染性黏膜炎。

"他得了重感冒，"赫尔克里·波洛自言自语，"如果我去给他送特效药，很可能就会被传染上，所以他不来也挺好的。还是算了吧。"他叹了口气补充说，"这就意味着我得自己度过这个枯燥的夜晚了。"

很多夜晚都是这么枯燥，赫尔克里·波洛想。他卓绝的大脑（他从不怀疑这个事实）还是需要一些外部的刺激。他从来没有哲学辩证思想。有时他几乎有点后悔，当初怎么没去研究神学，而是进了警察局。一根针尖上有多少天使在跳舞？认为这个问题很重要并且和同事满怀热情地去争论，一定很有意思。

他的男仆乔治走了进来。

"先生，是所罗门·利维先生的电话。"

"嗯，说吧。"赫尔克里·波洛说。

"他很遗憾今晚不能来陪您，他得了严重的流感卧病在床了。"

"他得的不是流感，"赫尔克里·波洛纠正说，"他只是得了重感冒。人们总觉得自己得了流感。那样听起来更严重，更容易取得同情。要说自己得了黏膜炎性感冒，就很难从朋友那儿获得足够的同情和关心。"

"不管怎么说，他今晚来不了了，先生。真的，"乔治说，"这种感冒很容易传染，跟感冒病人在一起对您不好。"

"感冒了就太无聊了。"波洛很赞同。

电话铃再一次响起来。

"谁又感冒了？"他问道，"我没约别人。"

乔治走向电话。

"把电话拿来我接，"波洛说，"我知道没什么有意思的事，不过至少——"他耸了耸肩膀，"或许能打发点时间呢。谁知道呢？"

乔治说："给您，先生。"然后退出了房间。

波洛伸出一只手，拿起听筒，喧嚣的铃声戛然而止。

"我是赫尔克里·波洛，"他刻意用庄严的语气说，想要给打电话的人留下深刻印象。

"太好啦！"电话那头急切地说。一个女人的声音，因为喘不过气而显得有些虚弱。"我还以为你肯定出去了，接不了电话呢。"

"您怎么会那么想呢？"波洛问。

"因为我总觉得现在的事情经常让人沮丧。比如你特别着急想找一个人,一分钟也等不了,可是你就不得不等着。我想马上找到你,特别着急。"

"您是哪位?"赫尔克里·波洛问道。

那个声音,那个女人的声音,听起来很惊讶。

"你不知道我是谁?"那个声音用难以置信的口气问。

"知道,我知道,"赫尔克里·波洛说,"您是我的朋友,阿里阿德涅。"

"而且我现在状态非常不好。"阿里阿德涅说。

"是,是的,我能听出来。你是刚跑过吗?上气不接下气的,不是吗?

"准确来说我没跑,是情绪激动。我能马上去找你吗?"

波洛沉默了一会儿才开口回答。他的朋友,奥利弗夫人,听起来处于高度兴奋状态。不管发生了什么事,她都毫无疑问会花很长时间倾诉她的不满、她的悲痛、她的沮丧,以及一切让她不安的事情。一旦她来到波洛这方净土,除非采取一些不礼貌的措施,否则很难把她劝回家。能让奥利弗夫人兴奋的事情不计其数,总是让人无法预料,所以跟她说话必须小心措辞。

"有事让你心烦?"

"是的,当然我很烦,我不知道该做什么。我不知道。哎,我什么都不知道。我只知道我要去告诉你,告诉你发生了什么事,因为你是唯一可能知道该怎么做的人。没人能告诉我该怎么做。我能去吗?"

"当然能,当然啦。欢迎你来。"

对方重重地放下听筒,波洛唤来乔治,想了一会儿,然后点了柠檬大麦茶和苦柠檬汁,又为自己要了一杯白兰地。

"奥利弗夫人大概十分钟之后到。"他说。

乔治退出去了,一会儿又回来为波洛端来一杯白兰地。波洛接过酒,满意地点了点头。接着乔治又端来了奥利弗夫人唯一可能喜欢的不含酒精的饮料。波洛细细地品了一口白兰地,为度过接下来的煎熬增加一些勇气。

"太遗憾了,"他自言自语道,"她太浮躁了。不过,她的心思很有独创性。也许她要告诉我的事会让我喜欢。也可能——"他思索了一分钟,"今晚要不就是大收获,要不就是无聊透顶。哎,好吧,生活必须冒险。"

有铃声响起来。在这个时候按公寓的门铃,而且并不是按了一下按钮就松开,而是使劲按着不松,纯粹是在制造噪声。

"毫无疑问,她太兴奋了。"波洛说。

他听见乔治走向门口,打开门。还没听到通报声,客厅的门就被打开了。阿里阿德涅·奥利弗从门口冲进来,乔治紧随其后,手里抓着的好像是渔民的防雨帽和油布雨衣什么的。

"你穿的到底是什么呀?"赫尔克里·波洛问,"让乔治帮你脱下来。太湿了。"

"当然湿了,"奥利弗夫人回答说,"全都打湿了。我之前从没多考虑过水。想起来太可怕了。"

波洛饶有兴趣地看着她。

"喝些柠檬大麦茶吧,"他说,"或者我能请你喝一小杯白兰地吗?"

"我讨厌水。"奥利弗夫人说。

波洛有些吃惊。

"我讨厌水,我以前从没想过,没想过水能做什么之类的。"

"我亲爱的朋友——"赫尔克里·波洛说,乔治正为她脱下满是褶皱还滴着水的雨衣。

"过来坐吧。乔治终于把你从那里面解救出来了。你穿的到底是什么?"

"我在康沃尔买的,"奥利弗夫人说,"油布雨衣,一件真正的渔民穿的油布雨衣。"

"对渔民很管用,真的,"波洛说,"但是,我觉得并不适合你,穿起来太重了。过来,坐在这儿告诉我。"

"我不知道怎么说。"奥利弗夫人边说边一屁股坐进椅子里,"有时候,你知道,我感觉那不是真的。但是它确实发生了。真的发生了。"

"告诉我。"波洛说。

"我是为那件事来的。可是我到了这儿又很难开口了,因为不知道从哪儿开始说。"

"从一开始?"波洛建议道,"还是当时的行动太平常了?"

"我不知道从什么时候开始的。我不确定。可能是很久之前发生的,你知道的。"

"镇定点,把你知道的这件事的线索集中一下,然后告诉我。是什么让你这么不安呢?"

"你也会不安的。"奥利弗夫人说,"至少,我觉得会。"她满脸疑惑,"真不知道什么能让你不安。你遇到什么事都能那么平静。"

"平静往往是最好的方式。"波洛说。

"好吧,"奥利弗夫人说,"是从一个晚会开始的。"

"嗯,好,"波洛说,听到是一个平常合理的晚会他如释重负,"一个晚会。你去参加了一个晚会,然后发生了一些事。"

"万圣节前夜晚会,你知道是什么样吗?"奥利弗夫人问。

"我知道万圣节前夜，"波洛回答说，"在十月三十一号。"他眨了眨眼睛接着说，"会有女巫骑着扫帚飞来。"

"是有扫帚来着，"奥利弗夫人说，"还给他们发了奖品。"

"奖品？"

"嗯，给那些扫帚装饰得最漂亮的人。"

波洛疑惑地看着她。最初提到晚会他还松了口气，现在他又觉得有点困惑。他知道奥利弗夫人一口酒也没喝，所以他不能得出在任何其他情况下他已经得出的某个设想。

"一个孩子们的晚会。"奥利弗夫人说，"或者说，一个中学升学考试晚会。"

"升学考试？"

"是的，他们以前这么称呼它，你知道，在学校里面。我是说他们用来评价你有多聪明，如果你能通过升学考试，你就能上文法学校或者类似的学校了。如果你不够聪明，你就得上什么现代中学。这个名字太蠢了，没有什么意义。"

"我没明白，我承认，真没明白你在说什么。"波洛说。他们好像已经偏离晚会进入了教育领域。

奥利弗夫人深吸一口气，重新说起来。

"事情真正的起因，"她说，"和苹果有关。"

"啊，是的，"波洛说，"很可能。苹果总和你连系在一起，不是吗？"

他沉浸在一个画面中：山上停着一辆小汽车，一个高大的女人正从车里下来。一个装苹果的袋子突然漏了，苹果洒落了一地，一个接一个骨碌碌地滚下山去。

"对。"他鼓励道，"苹果。"

"咬苹果，"奥利弗夫人说，"那是万圣节前夜晚会上必玩的游戏之一。"

"对，我好像以前听说过，没错。"

"你知道，人们玩各种游戏。有咬苹果，从一杯面粉上切硬币，还有照镜子看——"

"看你的真爱的样子？"波洛很在行地提示。

"啊！"奥利弗夫人叫道，"你终于开始明白了。"

"很多都是老传统，实际上。"波洛说，"你在晚会上都玩过啦。"

"是的，都很成功。最后玩的是抓火龙。你知道，一个大盘子里放着燃烧的葡萄干。我猜——"她的声音颤抖起来，"我猜事情就是在那时发生的。"

"什么时候发生了什么？"

"谋杀。抓火龙结束之后所有人都回家了。"奥利弗夫人说，"那时，你知道吗，我们找不到她了。"

"找不到谁？"

"一个女孩。一个叫乔伊斯的女孩。所有人都喊着她的名字找她，问她是不是跟别人一起回家了。她的妈妈很生气，说乔伊斯肯定是累了，或者不舒服就自己先走了，一句话也不说就走掉太粗心了——说了好些发生这种事时妈妈们都会唠叨的那种话。但是不管怎样，我们都找不到乔伊斯。"

"那她是自己先回家了吗？"

"不是，"奥利弗夫人说，"她没有回家……"她的声音有些颤抖，"最后我们发现了她，在藏书室。就在那儿，有人在那儿动手了，你知道吗？咬苹果是在那儿玩的。水桶还在那儿。一个大的、镀锌的水桶。他们不愿意用塑料桶玩。如果用的是塑料桶，或许事情就不会发生了。塑料桶没那么重，可能就被打翻了——"

"发生了什么事？"波洛问。他的语调尖锐起来。

"我们就在那儿找到了她，"奥利弗夫人说，"有人，你知道吗，有人把她的头摁在了漂着苹果的桶里。把她的头摁进去直到她死。当然，她淹死了。淹死的。就在一个快装满水的镀锌桶里。她跪在那儿，头朝下去咬苹果。我讨厌苹果，"奥利弗夫人说，"我再也不想看到苹果了。"

波洛看着她。他伸出手倒了一小杯白兰地。

"把这个喝了，"他说，"你会好受一些。"

第四章

奥利弗夫人放下酒杯,擦了擦嘴。

"你说得对,"她说,"这酒,这酒确实有用。我刚才兴奋过头了。"

"你受了很大的惊吓,我现在知道了。那是什么时候发生的?"

"昨天晚上。是昨天晚上才发生的?对,对,就是。"

"然后你就来找我了?"

确切来说这不是一个问句,只是显示了波洛想要了解更多事实的欲望。

"你来找我,为什么?"

"我觉得你能帮忙,"奥利弗夫人说,"你看,这事,这事并不简单。"

"可能简单也可能复杂。"波洛说,"得视情况而定。你得跟我说详细些,好吗?我猜,警察已经接手了。法医也肯定到场了。他们怎么说?"

"他们会进行审讯。"奥利弗夫人说。

"自然。"

"明天或后天。"

"那个女孩,乔伊斯,她多大啦?"

"我也不确定,十二三岁吧。"

"比同龄人显小吗?"

"不,不,我倒是觉得挺成熟的,或者说,丰满。"奥利弗夫人说。

"发育得很好?你是说看上去很性感吗?"

"是的,就是这个意思。但是我觉得这次不是那种类型的犯罪,我是说如果是那样就简单多了,不是吗?"

"那种案件,"波洛说,"我们天天都能在报纸上看到。女孩被侵犯了,小学生被殴打了——对,每天都能看到。发生在私人住宅里的,情况就有些不同了,但也可能没有那么大区别。不过都一样,我觉得你是不是还有什么没告诉我。"

"嗯,我想还有。"奥利弗夫人说,"我还没告诉你原因呢,我是说,我为什么来找你。"

"你认识这个乔伊斯,还跟她很熟?"

"我根本就不认识她。我想我最好还是跟你解释一下我怎么会去那儿吧。"

"那儿是哪里?"

"哦,一个叫伍德利的社区。"

"伍德利社区,"波洛仔细想了想,"我最近在哪儿——"他没说下去。

"离伦敦不远。大概,呃,三四十英里吧。在曼彻斯特附近。那儿有少数比较不错的房子,但是又有一大批新的建筑。是个住宅区。附近有所好学校,可以乘火车往返于伦敦或者曼彻斯特。是一个很平常的你们所谓的中产阶级生活的地方。"

"伍德利社区。"波洛若有所思地重复道。

"我住在那儿的一个朋友家。朱迪思·巴特勒,她是一个寡妇。今年我参加了一个'海伦号'的巡游，朱迪思也在其中，我们就成了朋友。她有一个女儿，叫米兰达，大概十二三岁。后来她邀请我去她家作客，说她的朋友要为孩子们办晚会，也就是万圣节前夜晚会。她说也许我能出些有趣的主意。"

"啊，"波洛说，"这次她没让你准备一个追捕谋杀凶手之类的游戏吧？"

"天哪，没有，"奥利弗夫人说，"你以为我还会再做一次那种事情吗？"

"我想也不太可能。"

"但还是出事了，这才更可怕。"奥利弗夫人说，"我的意思是，不是因为我在那儿才出事的吧，是吗？"

"我想不是。至少——晚会上有人知道你是谁吗？"

"有，"奥利弗夫人说，"有个孩子说了对我写的书的看法，他们喜欢谋杀案。这也是为什么……呃，是引起那件事的起因，也就是我来找你要说的那件事。"

"你还没告诉我的那件事。"

"好吧，你知道吗，最开始，我没想到。没马上想到。我是指，孩子们有时会有一些古怪的行为。我是说有些古怪的孩子，有的孩子——呃，有的时候我都怀疑他们应该在精神病院，但是他们被送回家了，教导他们要过普通的生活等等，于是他们就做出了这种事。"

"在场的有青年人吗？"

"有两个男孩，或者称为青年，警方的报告中总这么称他们。大概十六岁到十八岁。"

"我猜可能是他们中的某个人干的。警察也是这么认为的吧？"

"他们没说怎么想的,"奥利弗夫人说,"但是他们看上去也是这么怀疑的。"

"这个乔伊斯很有魅力吗?"

"我觉得她不怎么友好,"奥利弗夫人说,"是那种你不愿意和她多说几句话的那种。还爱卖弄,自吹自擂。那个年龄段的女孩都很烦人,我觉得。我这么说有点刻薄,可是——"

"在谋杀案中描述受害人的情况没什么刻薄不刻薄的,"波洛说,"这是特别必要的。受害人的人格是引发许多谋杀案的原因。那时屋里总共有多少人?"

"你是指参加晚会的和相关的人吗?呃,我记得有五六个女人,几位母亲,一位学校教师,一个医生的妻子或者妹妹;我想还有几个已经结婚的中年人,两个十六岁到十八岁的男孩,一个十五岁和两三个十一二岁的女孩。大概就这些吧。大概一共二十五或者三十个人。"

"里面有陌生人吗?"

"我觉得他们彼此都认识。有些熟有些不太熟。我想女孩们大多都在一个学校。有几个女人去帮忙准备食物、晚饭之类的。晚会结束后,大部分母亲都带着孩子回家了。我和朱迪思以及其他几个人留下来帮罗伊娜·德雷克,也就是晚会的主人,打扫打扫房间,省得第二天早上清洁女工忙不过来。你想想,到处都是面粉、饼干的包装纸,还有各种乱七八糟的东西。所以我们稍微打扫了一下。最后我们去了藏书室。就在那里,我们找到了她。然后我才想起了她之前说过的话。"

"谁说过的话?"

"乔伊斯。"

"她说过什么?咱们终于接近正题了,是吧?快要说到你来这儿的原因了。"

"嗯，我觉得告诉医生、警察或者别人都没意义，但是你可能会感兴趣。"

"哦，好，"波洛说，"告诉我吧，乔伊斯在晚会上说了什么话吗？"

"不是晚会上，而是在那天早些时候。那天下午我们在为晚会做准备。他们讨论了我写的谋杀案之后，乔伊斯说：'我见过一次谋杀。'她的母亲还是别的人说：'别傻了，乔伊斯，别乱说。'一个年长一些的女孩说：'你是瞎编的。'然后乔伊斯说：'真的，告诉你我真看见了，我见过。我看到有人杀人了。'但是没人相信她。人们都笑她，把她惹得很生气。"

"你信了吗？"

"没有，当然不信。"

"我知道了，"波洛说，"对，我明白了。"他沉默了半晌，一根手指轻叩着桌子。然后他问："我猜她没说细节，没说出名字吧？"

"对。她继续吹嘘叫喊着，后来因为其他女孩都嘲笑她，她还生气了。我觉得，所有母亲，还有其他那些年纪大点的人都很生她的气。而那些女孩和小男孩都笑话她！他们说些'接着吹吧，乔伊斯，什么时候的事？你怎么从来没说过？'之类的话，然后乔伊斯就说：'我以前都忘了，是很久以前了。'"

"啊哈！她说了是多久以前吗？"

"'很多年以前。'她说。你知道吗，那口气可像个大人了。

"'当时你怎么没报警呢？'有个女孩问她，安，或者是比阿特丽斯，我记不清了。一个自以为是的很高傲的女孩。"

"嗯，那她是怎么回答的？"

"她说:'因为我当时不知道那是谋杀。'"

"这回答很有意思。"波洛说,坐得更端正了。

"她那会儿已经晕头转向了,我觉得,"奥利弗夫人说,"你知道的,她尽力想解释,而大家的讥讽让她非常生气。他们不停问她为什么没报警,她就一直强调'因为我当时不知道那是谋杀,直到后来有一天我突然意识到那就是一场谋杀。'"

"可是没有人表示出一点相信她的意思,你自己当时都不相信她,直到发现她被杀,你才突然觉得她的话也许是真的,对吗?"

"对,就是这样。我不知道我该做些什么,或者能做什么。但是后来,我想起了你。"

波洛严肃地点了点头表示感谢。他沉默了片刻,然后问:"我必须提个严肃的问题,你考虑好了再回答。你觉得这个女孩真的见过一场谋杀吗?还是你觉得她仅仅是认为她自己看到过?"

"第一种,我觉得是,"奥利弗夫人说,"当时我还不信。我只以为她是对什么事有模糊的印象,然后添油加醋地说出来,让人听着觉得事情很重大很刺激。她后来情绪很激动,一直说:'我见过,告诉你们。我真的见过谋杀。'"

"然后呢?"

"然后我就过来找你了,"奥利弗夫人说,"因为对于她的死唯一合理的解释就是真的有过一场谋杀,而她是目击者。"

"这就涉及一些问题,可能意味着晚会里的某个人就是凶手。那个人那天早些时候应该也在,并且听到了乔伊斯的话。"

"你不会觉得这一切都是我的想象吧?"奥利弗夫人问,"你觉得我太异想天开了吗?"

"一个女孩被杀了，"波洛说，"凶手的力气足够大，可以一直把她的头摁在一桶水里。残酷的谋杀，这场谋杀，用我们的话说，是一场抓准良机的谋杀。有人觉得受到了威胁，一旦找到了机会就毫不犹豫地动手了。"

"乔伊斯可能不知道她看到的谋杀案的凶手是谁。"奥利弗夫人说，"我是说，如果她知道房间里有当事人的话，她肯定不会说那些话。"

"对，"波洛说，"我同意你说的这一点。她看到了一场谋杀，但是她没看见凶手长什么样。我们还得越出这个范围。"

"什么意思？"

"也可能是那天早些时候听到乔伊斯的话的人中，有人知道那场谋杀，也知道凶手是谁，可能他跟凶手关系密切。这个人可能以为他是唯一知道他的妻子、母亲或者他的儿女的所作所为的人。也可能是一个女人，她知道她的丈夫、母亲或者儿女曾经做过。那个人以为别人都不知道。可是乔伊斯说了出来……"

"所以呢——"

"乔伊斯必须死？"

"哦。接下来你要怎么做？"

"我刚想起来，"赫尔克里·波洛说，"伍德利社区为什么听着那么耳熟。"

第五章

赫尔克里·波洛的目光穿过小巧的大门看向"松冠居"。那是一座现代的、生机勃勃的房子，建得很精巧。赫尔克里·波洛有些上气不接下气。他面前这座小巧整洁的房子的名字十分贴切。它建在山顶，山顶上稀松地种着几棵松树。里面有一个整洁的小花园，一个身材魁梧的老人正缓慢地推着一只锡皮镀锌的大水罐，沿着小路浇水。

斯彭斯警司已经从只有两边鬓角各有一缕整齐的白发变成了满头银发，腰围倒是没见小。他停下浇水的动作，抬头看着门口的客人。赫尔克里·波洛站在那儿一动不动。

"天哪！"斯彭斯警司说，"一定是他。不可能，但确实是。啊，肯定是他。赫尔克里·波洛，没错。"

"啊哈，"赫尔克里·波洛说，"您还记得我。我受宠若惊。"

"祝愿你的胡子永远不会变少。"斯彭斯说。

他丢下水罐走向了门口。

"可恶的杂草。"他念叨着，"哪阵风把你吹来的？"

"这股风把我吹到过很多地方，"赫尔克里·波洛说，"很多年前这股风也把您吹到我面前。就是谋杀案。"

"我早就跟谋杀案断绝关系了，"斯彭斯说，"除了在处理杂草的问题上。我现在就做这些，喷洒除草剂。绝不像你想象得那么简单,总有事情不尽如人意,通常是天气。不能太湿,也不能太干,诸如此类的。你怎么知道我在哪儿的?"他边问边打开门让波洛进来。

"您寄给我了一张圣诞贺卡,上面写着您的新地址。"

"啊对,我是寄过。我很守旧,你知道。我总喜欢在圣诞节给几个老朋友寄贺卡。"

"我很喜欢。"波洛说。

斯彭斯说:"我老啦。"

"我们都老啦。"

"你还没什么白头发呢。"斯彭斯说。

"白头发被我染黑了。"赫尔克里·波洛说,"没必要顶着一头白发出去,除非你想那样。"

"唔,我觉得乌黑的头发不适合我了。"斯彭斯说。

"我觉得也是,"波洛说,"满头银发让您看起来更尊贵。"

"我从来没觉得我有多尊贵。"

"我觉得您很尊贵。您怎么搬到伍德利社区了?"

"事实上,我是来和妹妹一起住的。她的丈夫去世了,孩子们都结婚居住在国外,一个在澳大利亚,一个在南非。所以我就搬过来了。退休金现在不禁用了,但是我们住在一起过得很舒服。过来坐吧。"

他领着波洛来到一个玻璃封起来的小阳台,里面有几把椅子,还有一两张桌子。秋天的阳光惬意地照耀着这处安静的所在。

"想喝点什么?"斯彭斯问,"恐怕我这儿没什么高档饮料。没有黑醋栗和野蔷薇果汁之类你专属的东西。喝啤酒吗?或者我让埃尔斯佩斯沏杯茶给你。你要爱喝的话,我也能给你弄一杯搀干姜汁的麦酒、可口可乐、可可茶什么的。我的妹妹埃尔斯佩斯就爱喝可可茶。"

"谢谢您。我要一杯姜汁麦酒就行啦。把姜汁麦酒和啤酒混合在一起？是这样弄吗？"

"完全正确。"

他走进屋里，很快就端了两个大玻璃杯出来。"我陪你喝。"他说。

他拉了张椅子到桌边，坐下，把两杯酒放在他们俩面前。

"你刚才说什么来着？"他边说便举起酒杯，"咱们不说'为谋杀案干杯'了。我已经不管谋杀案了，如果你说的案子是我所想的那件。事实上我觉得只能是那件，因为我想不起来最近还有别的什么案子。我不喜欢这起谋杀案的那种特殊形式。"

"是的。我觉得您也不会喜欢。"

"咱们谈的是那个头被摁进水桶的孩子吧？"

"对，"波洛说，"我说的就是这个案子。"

"我不知道你为什么来找我，"斯彭斯说，"我现在和警察一点关系也没有。很多年前一切就都结束了。"

"一朝为警，"赫尔克里·波洛说，"永远为警。就是说，除了从普通人的视角看问题外，您往往会不自觉地从警察的角度看问题。我深有体会，因为我在我的祖国最初也是警察。"

"嗯，你是。我还记得你告诉过我。好吧，我觉得每个人的观点都有些倾向性，但是我已经很久没怎么和他们打交道了。"

"但您能听到一些小道消息。"波洛说，"您在这个圈子里有朋友，您能打听到他们的想法、推测以及他们查到的情况。"

斯彭斯叹了口气。

"人们知道得太多了，"他说，"这也是现在的问题之一。如果发生了犯罪，犯罪的手段比较常见，你知道，那也就意味着参与案件的警察很清楚地知道嫌疑人可能是谁。他们不告诉报社，而是自己进行审讯。他们知道了一些情况。但是无论他们是否继续调查下去——哎，什么事都有它难办的地方。"

"您是指那些妻子、女朋友之类的吗？"

"是一部分吧。最后，或许，每个人都能找到自己的归宿。有时候一两年就过去了。我想说，你知道，波洛，相比我们那个时代，如今更多姑娘所嫁非人。"

赫尔克里·波洛边想边捋着胡子。

"是的，"他说，"我能明白您的意思，可能确实如此。我猜女孩们都偏爱坏小子，正如您所说的那样，但是在过去她们被监护得比较好。"

"就是这样。她们像待在温室里。母亲看着她们，姑姑阿姨姐姐关心她们，弟弟妹妹也留心风吹草动。他们的父亲也会毫不犹豫地把坏小子们踢出门外。当然，也有女孩跟那些坏家伙私奔的。不过现在那些都没必要了。母亲根本不知道女儿跟谁去约会了，也没人告诉父亲女儿约会的对象是谁。弟弟们知道姐姐跟谁在一起，可是他们只会想'她真傻'。父母如果不同意，两个人就会跑到法官面前设法获得结婚批准。之后当那个众所周知的坏蛋又开始向所有人——包括他的妻子，证明他就是一个坏蛋的时候，已经生米煮成熟饭了。但是爱情就是爱情，女孩不愿意承认她的亨利有那些讨厌的毛病、有犯罪倾向等等。她为了他不仅会说谎、颠倒是非，还会做出其他一些事。是的，那很困难。我是说，对我们来说很困难。好吧，总说过去比现在好也没什么用。或许只是我们想多了罢了。不管怎样，波洛，你怎么也卷进来啦？这不在你负责的范围内，对吧？我一直以为你住在伦敦。我认识你的时候你住在那儿。"

"我现在还住在伦敦。我是应朋友奥利弗夫人的请求才参与此案的。您还记得奥利弗夫人吗?"

斯彭斯抬起头,闭着眼睛,像是在思考。

"奥利弗夫人?我记不起来了。"

"她是位作家,写侦探小说的。您见过她,往前想想,在您说服我参与麦金蒂夫人谋杀案调查的时候①。您不会忘了麦金蒂夫人吧?"

"天啊,当然不会。不过时间太久啦。那时你帮了我一个大忙,波洛,很大的忙。我去找你帮忙,你也没让我失望。"

"那是我的荣幸,我受宠若惊,没想到您会找我商量。"波洛说,"我得说,有一两次我都感到绝望了。我们不得不救的那个人——我相信那时是救了他的命,过了太久啦——是个特别难伺候的人。他是个典型的做事对自己百害而无一利的人。"

"他娶了那个女孩,是吗?傻乎乎的那个。不是那个染过头发的伶俐的女孩。不知道他们过得怎么样。你听说过吗?"

"没听说,"波洛说,"我猜过得不错。"

"真不知道她看上他哪一点了。"

"很难说,"波洛说,"不过这本身就是一个很大的安慰:一个男人,无论他多么平庸,也总会有女孩被他吸引。我们只能祝福他们婚后过得幸福。"

"如果他们得和母亲住在一起,我觉得以后不一定一直过得幸福。"

"是的,确实,"波洛说,"跟继父住在一起也好过不了。"

---

①指阿加莎·克里斯蒂的另一部作品《清洁女工之死》。

他补充道。

"哎,"斯彭斯说,"咱们又说起过去来了。都过去了。我经常想起那个人,现在记不起他的名字了,他应该是开殡仪馆的吧。他那张脸和行为举止,天生就是做这个的。那个女孩有些钱,是吧?没错,他应该是个好的殡仪店主。我可以想象他穿着一身黑衣主持葬礼的情景。或许他还会热情地告诉人家用榆木还是柚木做棺材好。但是他永远都做不好保险和房地产推销。行啦,不说那些老话了。"他突然说,"奥利弗夫人。阿里阿德涅·奥利弗。苹果。她是因为苹果才和案子扯上关系的吗?那个可怜的女孩在晚会上被人把头摁进了漂着苹果的水桶里,她是因为这个吗?这是让奥利弗夫人产生兴趣的地方吧?"

"我觉得她不是因为苹果才特别感兴趣的,"波洛说,"而是因为她参加了那个晚会。"

"你是说她住在这儿?"

"不是,她不住这儿。她当时在一个朋友家做客,巴特勒夫人家。"

"巴特勒?哦,我知道她。她住在离教堂不远的地方。是个寡妇。她的丈夫是飞行员。她有个女儿,长得很漂亮的一个小姑娘,教养也很好。巴特勒夫人很有魅力,你说是吗?"

"我还没见过她,不过,呃,我猜她会很吸引人。"

"这些和你有什么关系呢,波洛?案发的时候你不在这儿吧?"

"我不在。奥利弗夫人去伦敦找我了。她很不安,特别不安。她希望我能做些什么。"

斯彭斯警司脸上浮起一丝不易觉察的笑意。

"我知道了。老一套了。我也去找过你,因为我希望你能帮忙。"

"我让事情更近了一步,"波洛说,"我来找你了。"

"因为你想让我帮忙?我跟你说,我帮不上什么。"

"哦不,您帮得上。您可以告诉我这些人的情况,住在这儿的这些人,还有参加晚会的人;参加晚会的孩子的父母,还有附近的学校、老师、律师、医生什么的。晚会上有人骗一个孩子跪在桶边,笑着说:'我告诉你一个用牙咬住苹果的好办法,我有绝招。'然后他或她——不管是谁——把手摁在女孩的头上。那样女孩就挣扎不了多久,也弄不出什么声音。"

"太残忍了,"斯彭斯说,"我听到这个案子时就这么觉得。你想知道什么?我在这儿住了一年了。我妹妹住得久一点,两三年吧。这个社区不大,人口也不是特别固定。人们搬来搬去的。丈夫在伦敦、大坎宁或者附近别的地方上班,他们的孩子在这儿的学校上学。一旦丈夫要换工作,他们就搬走了。社区的人员不稳定。有的已经在这儿住了很久了,像埃姆林小姐,学校教师,弗格森医生。但是整体来说还是有一些流动性。"

"我同意您说的,"赫尔克里·波洛说,"这太残忍了。我希望您能告诉我这里有哪些比较歹毒的人。"

"对啊,"斯彭斯说,"每个人都会首先想到这一点,对吧?然后找一个做过类似事情的坏小子。谁会想去掐死、溺死或者摆脱一个年仅十三岁的小女孩呢?看起来没有性骚扰或者类似情况的迹象,人们往往会最先想到这方面。现在每个小城镇和农村都发生过不少这种事。又说到这儿了,我还是觉得比我年轻的时候发生得多。那时也有被称为精神错乱或者什么的人,但是没有现在这么多。我猜有很多应该受监管的人被放了出来。我们的精神病院都满员了,超负荷了,所以医生说'让他(她)去过正常生活吧，回家跟他的亲戚一起住吧'之类的。所以这类残忍的人——或者说可怜的人，看你从什么角度看了——又控制不了自己的欲望了，就这样，一个年轻女人出去散步然后尸体在采砾坑被发现了，要不就是傻乎乎地上了别人的车。或者孩子放学后没有回家，把之前的警告都抛到脑后，搭陌生人的车走了。现在这种事太多了。"

"这些情况跟这次案件相符吗？"

"呃，这是首先会想到的情况。"斯彭斯说，"晚会上某个人有了这种动机，我们可以推断。或许他以前做过，也许只是想做。简单地说他以前可能在什么地方有过侵犯儿童的经历。据我所知，所有的想法都不是凭空产生的。纯属个人观点。晚会上有两个人在这个年龄段。尼古拉斯·兰瑟姆，一个很帅气的小伙子，大概十七八岁。他的年龄比较符合。从东海岸还是什么地方来的，我记得。人好像很不错。看起来很正常，不过谁又知道呢？另一个是德斯蒙德，因为心理报告被关押过，不过我不想说这和案子有多大关系。应该是参加晚会的某个人干的，虽然我觉得任何人都可能从外面进来。举办晚会的时候门一般都开着，侧门或者侧面的窗户也开着。可能会有哪个不正常的人去凑热闹，悄悄溜进去。但这样很有风险。一个孩子，去参加晚会的孩子，会答应跟一个陌生人玩咬苹果的游戏吗？不管怎么样，波洛，你还没解释为什么你参与进来了呢。你说因为奥利弗夫人。是她什么异想天开的想法？"

"算不上异想天开。"波洛说，"的确，作家总有一些异想天开的想法。那些想法或许完全没有可能性。但是这次只是她听到那个女孩说的一些话。"

"什么话？那个乔伊斯说的？"

"是的。"

斯彭斯身体往前倾,探寻地看着波洛。

"我这就告诉您。"波洛说。

他平静简洁地把奥利弗夫人告诉他的故事给斯彭斯复述了一遍。

"我明白了,"斯彭斯说,捻着胡须,"那个女孩说的那些,是吧?她说她曾经见过一场谋杀。她说了谋杀发生的时间或方式了吗?"

"没说。"波洛说。

"她怎么提起这个的?"

"我觉得是关于奥利弗夫人书里的谋杀案引起来的。有人对奥利弗夫人说了一些关于她的书的评价,大概是说她写的故事不够血腥,尸体不够多。然后乔伊斯开口说她曾经见过一次谋杀。"

"吹牛呢吧?听完你的话我这么觉得。"

"奥利弗夫人当时也这么觉得。没错,她在吹牛。"

"可能不是真的吧?"

"对,有可能根本不是真的,"波洛说。

"孩子们为了引人注意或者制造某种效应经常会说一些夸大其词的言论。但另一方面,也可能是真的。你是这么认为的吧?"

"我不确定。"波洛说,"一个孩子炫耀说她曾经见过一场谋杀,仅仅几小时后那个孩子就被杀了。您必须承认有理由相信那是真的。尽管或许有些牵强,但是有可能是因果关系。如果是真的,那么就是有人等不及了。"

"的确。"斯彭斯说,"那个女孩提起谋杀案的时候有多少人在场呢,你知道准确人数吗?"

"奥利弗夫人说她知道的大概有十四五个人，或者更多一些。五六个孩子，五六个准备晚会的大人。但是具体的信息我还得仰仗您了。"

"哦，那倒不难。"斯彭斯说，"我现在还不知道，但是从当地人那里很容易打听出来。至于这个晚会本身，我现在已经知道得很清楚了。晚会上大部分是女人。父亲很少参加孩子们的晚会，但是有时候他们会进去看看，或者接孩子回家。弗格森医生在那儿，教区牧师在那儿。其他的还有母亲、姑姑阿姨们、社区工作人员，两名教师。哦，我可以给你列一个名单，还有大概十四个孩子。最小的还不到十岁，正在奔向青少年的行列。"

"我猜您肯定知道他们之中谁有嫌疑。"波洛说。

"可是，如果你觉得那件事是真的的话，事情就不太简单了。"

"您是说您不再寻找可能进行性侵犯的人员，而是开始寻找一个曾经杀过人却没被发现的人。那个人从没想过会东窗事发，因此非常震惊。"

"不管是什么情况，上帝保佑我知道是谁干的。"斯彭斯说，"我不认为这附近有杀人犯，当然也没什么引人注意的杀人手法。"

"任何地方都可能有杀人犯，"波洛说，"或者我应该说，看起来不像杀人犯的人实际上可能就是。因为看起来不像杀人犯的人不会轻易被怀疑。很可能没什么证据能证明他犯过案，所以当他知道作案时被人发现了，对这种杀人犯肯定是一个沉重的打击。"

"为什么乔伊斯当时什么都没说呢？这是我想知道的。你觉得是有人给了她封口费吗？当然那样太冒险了。"

"不是，"波洛说，"从奥利弗夫人提到的情况来推断，当她看到的时候，她并没有意识到那是谋杀。"

"哦，这是最不可能的了。"斯彭斯说。

"不一定。"波洛说，"这话是一个年仅十三岁的孩子说的。她在回忆她以前见过的一些事。我们不知道事情的确切时间。可能是三年甚至四年前。她可能见到了一些事，但是当时并不知道事情的真实意义。很多事会有这种情况，亲爱的。比如一场古怪的车祸。一个司机开车径直撞向某人，那个人受伤或者死了。一个孩子可能意识不到那是蓄意的。但是有人说了一些话，或者一两年后她看到或听到的一些事唤醒了她的记忆，她开始怀疑：'A或B是故意那么做的。''或许那是谋杀，不仅是一场事故。'还有许多别的可能性。我承认，其中有一些可能性是奥利弗夫人提出的，她能轻而易举地提出十几种不同的见解。尽管大多可能性不大，但是，每一种仍有微弱的可能。比如在某人的茶水中下药。大概就是类似的推断，在危险的地点推了某人一把。这附近没有悬崖，对类似的推论来说太遗憾了。也可能是某个谋杀故事唤起了她对那场事故的回忆。那场事故一直让她迷惑，直到有一天她看到一个故事，说：'啊，那场事故可能就是这样这样发生的。我怀疑他或她是不是故意的？'是的，这有很多可能性。"

"你是过来调查这些可能性的？"

"我觉得这符合公众利益，您觉得呢？"波洛说。

"啊，我们就是为公众服务的，是吧，你和我？"

"您至少可以给我提供一些信息，"波洛说，"您了解这儿的人。"

"我会尽力的。"斯彭斯说，"我也会说服埃尔斯佩斯参与进来，这里很少有她不知道的人或事。"

第六章

达成目标,波洛心满意足地和朋友道别离开了。

他想要的信息马上就会被送来——这一点他毫不怀疑。他成功地引起了斯彭斯的兴趣。至于斯彭斯,一旦踏上调查之路,就绝不会半路撒手。而他作为刑事调查局的一名退休高官,在当地相关的警察部门肯定会交到不少朋友。

那么下一步——波洛看了看表——距离他和奥利弗夫人约定的见面时间正好还有十分钟,他们约定的地方是一栋叫"苹果林"的房子。说真的,这名字还真是出奇的巧合。

真的,波洛想,她和苹果还真是分不开。没什么比一个多汁的英国苹果更让人愉快的了——而现在,苹果和扫帚、女巫、古老的习俗还有一个被害的孩子纠缠在一起。

沿着指给他的路径,波洛正好准时到达一座乔治王朝时期风格的红砖房子外,房子周围整齐地围了一圈榉木篱笆,里边有一座漂亮的花园。

他伸出手,抬起门闩,从锻铁大门走了进去,大门上挂着写有"苹果林"的牌子。一条小径直通前门。像一到整点自动从钟面的一个门里跳出来的小人儿一样,前门打开了,奥利弗夫人出来站在台阶上。

"你真是太准时了,"她上气不接下气地说,"我一直从窗户往外望你。"

波洛转过身，小心地把身后的门关好。他几乎每次见到奥利弗夫人，无论是约好了还是偶然碰到，总会马上看到苹果。她要不就是正在吃苹果，要不就是刚刚吃完苹果——可以从她宽广的胸膛上栖息的苹果核看出来，要不就是抱着一袋子苹果。但是今天这里看不到丝毫苹果的痕迹。这样才对，波洛满意地想。如果在这儿啃苹果的话，味道肯定特别糟糕，毕竟这里发生的不仅是犯罪，还是一场悲剧。因为除了悲剧还能是什么呢？波洛想。一个仅仅十三岁的女孩突然死亡。他不愿意去想，也正因为不愿意去想才更让他下定决心，他更要仔细考虑，直到通过一些手段，拨云见日，让他清楚地看到他来这里所要看到的东西。

"我想不明白为什么你不愿意住在朱迪思·巴特勒家，"奥利弗夫人问，"反而要去五等宾馆住。"

"因为我最好从一个超然的角度观察事情。"波洛说，"一个人只有置身其外，才能看得更全面。"

"我看不出来你怎么能置身事外。"奥利弗夫人说，"你得去找每个人，跟他们谈话，对吗？"

"那是肯定的。"波洛说。

"你都见过谁了？"

"我的朋友，斯彭斯警司。"

"他现在过得怎么样？"奥利弗夫人问。

"他比过去老太多了，"波洛说。

"那是自然，"奥利弗夫人说，"你还能指望怎么样？他是更聋了，更瞎了，更胖了还是更瘦了？"

波洛思索着。

"他稍微瘦了点。他看报纸要戴眼镜。我不觉得他耳聋，至少还没那么明显。"

"那他是怎么看这个案子的?"

"你跳过的太多了。"波洛说。

"那你和他究竟准备怎么做呢?"

"我已经有了计划,"波洛说,"首先我去见我的老朋友,征求他的意见。我请他帮我弄一些在别处或许很难获得的信息。"

"你是说这里的警局里有他的朋友,他能得到很多内部消息吗?"

"呃,我不该说得那么明确,不过,对,这是我的一个思路。"

"在那之后呢?"

"我来这里见你了,夫人。我必须看看事发现场。"

奥利弗夫人转过头,抬头看着这座房子。

"它看起来不像会发生命案的那种房子,是吧?"她问。

波洛再次感叹:多么准确的直觉呀!

"是的,"他说,"根本不像那类房子。我先去看看现场,然后我跟你去见一见被害者的母亲,听听她所知道的事情。斯彭斯帮我约了当地的督察,今天下午有空一起谈谈。我也想和这里的医生谈一谈,如果可能的话,还有学校的校长。六点钟去斯彭斯家,一边喝茶吃香肠,一边跟他和他妹妹讨论案情。"

"他还能告诉你什么呢?"

"我想见见他的妹妹。他妹妹比他在这里住的时间长。他是在他妹夫去世之后才搬来的。或许她对这里的人们很了解。"

"你知道你听起来像什么吗?"奥利弗夫人说,"一台计算机。你知道吗,你正在给自己编程序。他们是这么说的吧?我是指你整天把这些东西输入自己的脑子里,然后等着结果出来。"

"这当然又是你冒出来的想法。"波洛颇有兴趣地说,"对,对,我扮演计算机的角色,有人输入信息——"

"如果你得出的是错误的答案呢?"奥利弗夫人说。

"那不可能,"赫尔克里·波洛说,"计算机从不犯错。"

"它们不应该犯错,"奥利弗夫人说,"但是有时候事情会出乎你的意料。比如,我上次的电费单就出错了。我知道有一句谚语'人孰能无过',但是人犯的错误和计算机出错相比就不值一提了。进来见一见德雷克夫人吧。"

德雷克夫人肯定是个人物,波洛想。她是一个高挑健美的女人,四十岁出头,金黄的头发淡淡地染了一层灰色,眼睛湛蓝明亮,从头到脚都透出精明能干的气息。她组织的每一场晚会都取得了成功。客厅里迎接他们的是摆在托盘里的晨间咖啡和甜饼干。

在波洛看来,苹果林是一栋打理得特别好的房子。房间装修精美,地毯品质优良,摆设一尘不染。事实上,屋里很难找出什么出众的物品,但是这点很少被注意到。人们很少往那方面去想。窗帘和桌布的颜色都很传统,但是看着赏心悦目。这里可以随时装修一下,高价租给出得起价的房客,而不必收起一些贵重物品,或者调整家具的摆放。

德雷克夫人问候了奥利弗夫人和波洛,之后把所有的情绪都隐藏起来。波洛忍不住猜测,那是一种强烈的隐忍的恼怒,因为她作为社会活动的举办者,却发现活动中发生了谋杀这种反社会的活动。波洛怀疑,德雷克夫人作为伍德利社区的优秀成员,却在某些方面被证明她不够称职,这让她很不高兴。发生在别人身上、别人家里——无所谓;但是一个孩子的晚会上,还是她安排、并组织举办的,这种事不应该发生。或者她应该在未发生之前就发现它。波洛还怀疑她仍急切地在脑中搜寻一个原因。不一定是谋杀发生的原因，而是确定晚会帮忙的人是否存在一些不足，或者是否有一些错误的安排，或者因为疏忽而没发现事情的苗头等。

"波洛先生，"德雷克夫人说，声音非常动听，波洛觉得如果是在小教室或者乡村礼堂里听会更悠扬，"我很高兴您能来这儿。奥利弗夫人一直告诉我，您会在这次难关中给我们很大的帮助。"

"放心，夫人，我会竭尽全力的，但是毫无疑问，正如您根据您的人生经验所意识到的那样，这个案子很难解决。"

"难？"德雷克夫人说，"当然困难重重。这不可思议，太不可思议了，竟然发生了那么可怕的事。我猜，"她补充道，"警察可能知道一些事吧？拉格伦督察在这里声誉很好，我相信。我不知道他们是不是要让伦敦警察厅介入，因为这个孩子的死在当地好像引起了很大的反响。不需要我告诉您，波洛先生——毕竟您看的报纸不比我少——孩子被杀的案件在乡村时有发生，而且好像越来越多、越来越频繁了。心理不稳定的人好像越来越多，尽管我必须说，现在的母亲和家庭对孩子的照顾不如以前到位了。孩子们要在漆黑的夜晚独自回家或者在蒙蒙亮的早上独自上学。而且孩子，无论你怎么警告他们，当有一辆漂亮的小汽车停下，有人邀请他们搭车的时候，都会把一切警告抛之脑后。他们相信那些陌生人说的话。我想那就没人能管得了了。"

"但是夫人，在这里发生的一切，跟那些性质完全不同。"

"哦，我知道，我知道。这也是我为什么说不可思议。我到现在还不敢相信发生的这一切，"德雷克夫人说，"所有的事都在掌控之中。一切都安排得有条不紊，事情进行得也很顺利，都是按计划来的。似乎太，太不可思议了。从我个人来说，我觉得肯定是有外来者的介入。在那种环境下很容易有不速之客走进房子——那个人有严重的精神问题，我猜，他刚从精神病院出来，据我所知，只是因为里面人太满了，容不下他们了。现在病房总要为新病人腾出来。那个人从窗户看见里面正为孩子开晚会，然后这个可怜的倒霉蛋——如果有人真的同情他们的话，我觉得我自己很难做到——把那个孩子引诱出去并杀了她。我们都觉得这种事不可能发生，可它就是发生了。"

"也许您能领我去案发现场——"

"当然可以。再来点咖啡吗？"

"谢谢您，不用了。"

德雷克夫人站起来。"警察好像认为案子发生在我们玩抓火龙的时候。抓火龙是在餐厅玩的。"

她穿过大厅，打开餐厅的门，然后以女主人向参观团的游客展示自己华贵的家的姿态，指点着宽大的餐桌还有厚重的天鹅绒窗帘。

"那时屋里是黑的，当然，除了燃烧的盘子。接下来——"

她领着他们穿过大厅，打开了一个小屋的门。屋里放着几把扶手椅，墙上贴着体育海报，周围立着几个书架。

"藏书室，"德雷克夫人说，身体稍微有些颤抖，"水桶放在这儿，当然，下面铺着塑料布。"

奥利弗夫人没有陪他们一起进去，她在外面大厅等着。

"我不能进去，"她对波洛说，"那会让我回想起太多。"

"这儿没什么看的了。"德雷克夫人说，"我是说，我只是给您看看事发现场，如您所要求的那样。"

"我猜，"波洛说，"这里有水，很多水。"

"桶里有水，当然。"德雷克夫人说。

她看着波洛,好像觉得他心不在焉似的。

"塑料布上也有水。我是说,孩子的头被摁进水桶里,会有很多水溢出来。"

"哦,对,在玩咬苹果的时候还往桶里加了一两次水呢。"

"所以干那件事的人呢?那个人肯定都湿透了,我们可以猜测。"

"对,是的,我也那么觉得。"

"这方面没有特别引人注意的吗?"

"没,没有,督察也问过我。您知道,那天晚上,基本每个人都有些衣衫不整,衣服湿了或者沾上了面粉。这方面好像没有明显的线索。我是指,警察这么认为。"

"乔伊斯的情况呢?"

德雷克夫人好像有些吃惊。就好像在她的心目中乔伊斯已经退到了很远的一个角落,以至于当有人再次提起乔伊斯时,她很吃惊。

"被害人一直很重要,"波洛说,"被害人,您知道,往往是犯罪的起因。"

"好吧,我猜,是的,我明白您说的。"德雷克夫人说,而她看起来很明显不明白,"咱们回客厅好吗?"

"然后您告诉我一些乔伊斯的情况。"波洛说。

他们再次坐在了客厅。

德雷克夫人看起来很不舒服。

"我真不明白您想让我说什么,波洛先生。"她说,"那些情况肯定很容易从警察或者乔伊斯的妈妈那里得到。可怜的女人,她肯定特别痛苦,毫无疑问,但是——"

"但是我想知道的,"波洛说,"不是母亲对她死去女儿的评价，而是一位了解人性的人清晰、没有偏见的看法。我应该说，夫人，您在慈善和社会活动中一直很积极。我肯定，您对一个人性格脾气的评价是最适宜的，没有人能与您相比了。"

"好吧。这有些困难。我是说，那个年龄的孩子——十三岁，我觉得，十二三岁——同一个年龄段的孩子都很像。"

"啊，不，当然不是，"波洛说，"在性格、脾气方面都有很大区别。您喜欢她吗？"

德雷克夫人看起来觉得这个问题很尴尬。

"呃，当然，我……我喜欢她。我是指，嗯，所有的孩子我都喜欢。大部分人都是。"

"啊，我不同意您这种说法，"波洛说，"我觉得有些孩子很不招人喜欢。"

"好吧，我同意，现在的孩子教养不是很好，家长把所有事都丢给了学校，而在学校他们过得很随意。他们可以自由地选择朋友，并且——呃，哦，真的，波洛先生。"

"她是不是一个好孩子？"波洛坚持问道。

德雷克夫人满是责备地看着他。

"您必须意识到，波洛先生，那个可怜的孩子已经死了。"

"不管她是活着还是死了，这个问题都很关键。如果她是一个好孩子，那么就没有人想要杀死她；而如果她是个坏孩子，那么很有可能有人想要杀死她，并且付诸行动了——"

"好吧，我想——这当然不是好坏的问题，是吗？"

"也可能。我还得知她声明说她看到过一起谋杀案。"

"哦，那个呀。"德雷克夫人轻蔑地说。

"您没把那句话当真？"

"嗯，我当然没有。她说的都是傻话。"

"她怎么说起这个的?"

"好吧,我觉得她们真的因为奥利弗夫人在场而特别兴奋。你是一个名人,你得记住,亲爱的。"德雷克夫人向奥利弗夫人说道。

"亲爱的"这个词在她的言辞中不包含一点热情。

"我觉得这个话题在别的场合都提不出来。孩子们见到一位有名的女作家都特别兴奋——"

"所以乔伊斯就说出了她曾经见过一场谋杀。"波洛思索着说。

"是的,她说了一些类似的话。我没怎么听。"

"但是您确实记得她那么说过?"

"哦,对,她说了。但是我不相信。"德雷克夫人说,"她姐姐马上就让她闭嘴,这才对。"

"然后她对此很恼怒,是吗?"

"是的,她继续说那是真的。"

"实际上,她是在吹牛。"

"您要这么说的话,是的。"

"但也可能是真的,我猜。"波洛说。

"胡说!我从没相信过。"德雷克夫人说,"只有乔伊斯会做这种蠢事。"

"她很蠢吗?"

"好吧,她是那种,我觉得,爱炫耀的人。"德雷克夫人说,"您知道,她总是希望比别的女孩见的或做得更多。"

"不是非常讨喜的性格。"波洛说。

"的确不讨喜,"德雷克夫人说,"就是那种你一直想让她闭嘴的类型。"

"在场的别的孩子听了她的话说什么了?他们信不信?"

"他们嘲笑她了,"德雷克夫人说,"所以,当然,让她更生气了。"

"好的,"波洛一边说一边站起来,"我很高兴在这一点上能知道您明确的态度。"他有礼貌地鞠了一躬。"再见,夫人,非常感谢您让我查看事故现场。我希望不会让您想起太多不愉快的回忆。"

"当然,"德雷克夫人说,"回忆起这些事太痛苦了。我是那么希望这个小小的晚会能顺利完满。的确,晚会进行得很顺利,每个人看起来都玩得很开心,直到那件恐怖的事发生。然而,我唯一能做的就是试着忘记这件事。当然,很不幸,乔伊斯说了那些关于见过谋杀的话。"

"伍德利社区曾经发生过谋杀吗?"

"我记得没有。"德雷克夫人坚定地说。

"在我们这个犯罪率上升的时代,"波洛说,"这看起来有些不太正常,是吧?"

"嗯,我想起来有一个卡车司机杀了他的一个同事——大概是这样吧——还有一个小女孩被发现埋在离这儿十五英里外的砾石坑里,但那是几年前的事了。都是些很卑鄙、没什么意思的案件。都是醉鬼干的,我觉得。"

"而事实上,这种案件都不可能被一个十二三岁的女孩看见。"

"很不可能,我想。而且我可以向您保证,波洛先生,那个女孩说的那些都是为了哗众取宠,吸引她的朋友和一位名人的注意。"她冷冷地看向奥利弗夫人。

"归根结底,"奥利弗夫人说,"我猜都怪我,我不该出现在晚会上。"

"哦，当然不是，亲爱的，我绝不是那个意思。"

波洛一边叹气，一边和奥利弗夫人一起离开了。

"一个非常不适合谋杀的地方，"他边说边沿着小路走向大门，"没有气氛，没有萦绕心头的悲伤，也没有值得谋杀的对象。尽管我有时候禁不住想，有人会想要杀死德雷克夫人。"

"我明白你的意思。她有时候太容易激怒人了，总是洋洋自得、目中无人。"

"她丈夫是个什么样的人？"

"哦，她是寡妇。她的丈夫一两年前去世了。他得了脊髓灰质炎，跛了很多年。我记得他以前是个银行家，喜欢体育比赛和运动。他讨厌成为残疾人，并且不得不放弃那些体育活动。"

"是的，确实。"他返回关于乔伊斯的话题，"你告诉我，在场听到的人里有没有把乔伊斯的那番话当真的？"

"我不知道，我认为没有。"

"那其他孩子呢？"

"嗯，我正在想他们。没有，我觉得他们都不相信乔伊斯说的。他们认为是她瞎编的。"

"你也是那么认为的，是吗？"

"对，我真那么想。"奥利弗夫人说，"当然，"她补充道，"德雷克夫人更愿意相信谋杀没有发生过，她接受不了这个事实，不是吗？"

"我能理解，这对她来说很难受。"

"在某种程度上吧。"奥利弗夫人说，"但是我现在觉得，你知道吗，她实际上很乐意谈这些。我觉得她不会想把那些话都闷在心里。"

"你喜欢她吗？"波洛问，"你觉得她是个友好的人吗？"

"这个问题太难回答了,让人尴尬。"奥利弗夫人说,"看起来你唯一感兴趣的就是一个人是好人还是坏人。罗伊娜·德雷克是那种喜欢发号施令的类型——喜欢支配人和事物。从某种程度上说,她掌管着这个社区。但是管理得很有成效。这要看你是否喜欢强势的女人了。我不是很——"

"我们现在要去见的乔伊斯的母亲是什么样的呢?"

"她挺善良的。有些笨。我为她难过,女儿被杀是件非常可怕的事,不是吗?这里的人们都认为是强奸案,这让情况更糟糕。"

"但是现场没有性侵犯的迹象吧,我理解得没错吧?"

"没错,但是人们愿意去想象有这类事发生。那样更刺激。你知道人们就是这样。"

"人们觉得自己知道——但是有时——呃,我们根本一点也不了解。"

"让我的朋友朱迪思·巴特勒带你去见雷诺兹夫人好吗?她们俩很熟,而我们根本就算不认识。"

"我们还是按计划进行吧。"

"计算机程序继续运行。"奥利弗夫人小声地反抗道。

第七章

雷诺兹夫人和德雷克夫人是完全相反的两个类型。她身上没有一点精明能干的影子,或许从来就没有过。

她穿着传统的黑色丧服,手里紧紧地攥着一块湿漉漉的手帕,很明显是准备擦拭随时会滚落下来的眼泪。

"太谢谢您了,"她对奥利弗夫人说,"把朋友带过来帮忙。"她向波洛伸出一只湿漉漉的手,怀疑地打量着他,"我非常感激,如果他能在某方面帮得上忙的话——尽管我觉得没人能帮上什么。怎么会有人忍心杀害一个小孩。如果她能喊出来就好了——不过我觉得那个人直接把她的头一直摁在水里了。哦,想起来我就受不了。我真不能再想了。"

"夫人,我真的不想让您难过。请您别再想了。我只想问您几个可能会有帮助的问题——我说的帮助,就是说,帮助找到杀害您女儿的凶手。我猜,您不知道凶手可能是谁吧?"

"我怎么会知道?我也不认为是任何人,我是指,住在这里的人。这是多么好的一个地方。而且住在这里的人们都很友善。我猜可能就是有人——一个可怕的人,从窗户钻进来了。也许他嗑了药或者什么。他看见灯光,知道那是一个晚会,于是就擅自闯了进来。"

"您很确定凶手是个男人?"

"哦，肯定是的。"雷诺兹夫人听起来很吃惊，"我肯定。不可能是个女人，怎么可能？"

"可能是一个力气很大的女人呢？"

"好吧，我有点明白您的意思了。您是说现在的女人比以前强壮些。但是她们肯定不会做这样的事，我相信。乔伊斯还是一个孩子——才十三岁。"

"夫人，我不想在这儿打扰您太长时间，或者问您一些难以回答的问题。那些问题，我相信，警察已经问过了，我也不想在那些让人痛苦的事实上刨根问底。我想问的是您的女儿在晚会上说的一些话。您本人当时并不在场，是吗？"

"嗯，不在。我最近一直不太舒服，孩子们的晚会又非常累人。我开车把他们送到那儿，后来又开车去接她们，三个孩子一起去的，您知道。安是姐姐，十六岁了，利奥波德最小，快十一岁了。乔伊斯说了什么话让您想知道呢？"

"奥利弗夫人当时在场，稍后让她告诉您您的女儿具体说了什么。我相信，她说她曾经见过一场谋杀。"

"乔伊斯？哦，她不可能看见过那样的事。什么样的谋杀可能会被她撞见呢？"

"好吧，似乎所有人都觉得不可能，"波洛说，"我只是想知道您是否觉得有些可能。她以前跟您提过类似的事吗？"

"见过谋杀？乔伊斯？"

"您得记着，"波洛说，"谋杀这个字眼很可能会被乔伊斯这个年龄的孩子滥用。很可能只是有人被车撞了，或者一群孩子一起打闹，或者有人把一个人推下水或者推下桥之类。那些事可能不是故意的，但是造成的结果很不幸。"

"呃，我想不出来乔伊斯可能看到过类似的事，而且，她没对我说过任何相关的情况。她一定是开玩笑呢。"

"她非常肯定,"奥利弗夫人说,"她坚持说是真的,她亲眼见过。"

"有人相信她吗?"雷诺兹夫人问道。

"我不知道。"波洛说。

"我认为他们不相信,"奥利弗夫人说,"或者他们不想——呃,嗯,因为说相信她而鼓励她接着说下去。"

"他们嘲笑她,说她是瞎编的。"波洛说,他可不像奥利弗夫人那么好心。

"哎,他们太不友善了,"雷诺兹夫人说,"好像乔伊斯在这种事上会撒个大谎似的。"她愤愤不平地说,脸也气红了。

"我知道。那听起来很不可能,"波洛说,"更可能的是,她犯了一个错误,对吗?她可能看到了一些事,她认为可以当成'谋杀'。也许是一场事故。"

"如果是那样,她应该会跟我说的,不是吗?"雷诺兹夫人还是有些愤慨。

"应该会,"波洛说,"她过去从来没说过?也许是您忘了。尤其是那件事不怎么重要的时候。"

"您是指什么时候?"

"我们也不清楚,"波洛说,"这是其中一个难题。可能是三个星期,也可能是三年之前。她说她那时候还'太小'。一个十三岁的孩子认为她还'太小'的时候是什么时候?您能想起这附近发生过什么比较轰动的事吗?"

"哦,我觉得没有。我是指,确实会听说或者从报纸上读到一些事。您知道,我指女人受到袭击,或者女孩和她的小男友之类的。但是我想不起有什么重要的事件,没什么会让乔伊斯特别感兴趣的事件。"

"但是如果乔伊斯非常肯定地说她见过一场谋杀，您认为她是真的那么觉得吗？"

"如果她不是真的那么认为，她是不会说的，是吧？"雷诺兹夫人说，"我觉得她肯定是把事情弄混了。"

"是的，很有可能。我想问，"波洛问，"我能跟参加晚会的其他两个孩子谈谈吗？"

"嗯，当然。尽管我不知道您希望他们能告诉您什么。安在楼上为争取'优秀'做功课，利奥波德在花园里组装飞机模型。"

利奥波德是个敦实的、脸蛋儿胖乎乎的男孩，他看起来完全沉浸在机械结构中。过了好一会儿，他才注意到问他的问题。

"你在现场，是吗，利奥波德？你听到你姐姐说的话了。她说了什么？"

"哦，你说关于谋杀的那些啊？"他听起来十分厌烦。

"是的，我就是指那个。"波洛说，"她说她看见过一场谋杀。她真的见过类似的事吗？"

"没有，她当然没有。"利奥波德说，"她到底看见谁被杀了？那是乔伊斯的作风，就那样。"

"乔伊斯的作风，什么意思？"

"炫耀呗。"利奥波德说，他集中精神缠着一根电线，鼻子里喘着粗气，"她是那种特别蠢的人，"他补充道，"为了吸引别人的注意，她会说任何话。"

"所以你觉得这整件事都是她编出来的？"

利奥波德把目光转向奥利弗夫人。

"我觉得她想要引起您的注意。"他说，"您写侦探小说，是吗？我想她编这些东西只是为了让您多注意她。"

"这也是她的作风,是吗?"波洛说。

"哦,她什么都说。"利奥波德说,"我打赌没人相信她。"

"你当时听到了吗?你觉得有人相信吗?"

"好吧,我听到她说了,但是其实没听进去。比阿特丽斯嘲笑她,凯西也是。她们说'那是个荒诞的故事'什么的。"

似乎不能从利奥波德那儿得到更多信息了。他们上楼去找安。安看起来要比她的实际年龄成熟,她弯腰坐在桌子旁,身边放着各种教材。

"是的,我当时在晚会上。"她说。

"你听到你妹妹说看到过一场谋杀的话了吗?"

"哦是的,我听到她说了。但是我没往心里去。"

"你觉得那不是真的?"

"当然不是真的。这里很长时间都没发生过谋杀案了。我觉得这几年都没有真正的谋杀案发生。"

"那你觉得她为什么那么说呢?"

"哦,她喜欢炫耀。我是说她以前爱炫耀。她还有一段去印度旅行的精彩故事呢。我叔叔曾经去过印度,她就假装自己和他一起去了。学校里许多女孩都相信她了。"

"所以你不记得最近三四年附近发生过可以称之为谋杀案的事件了?"

"没有,只有一些平常的。"安说,"我是指,您天天在报纸上看到的那些。而且那些也不是在伍德利社区发生的。大多数发生在曼彻斯特。"

"你觉得是谁害了你妹妹呢,安?你肯定认识她的朋友,你知不知道有谁不喜欢她?"

"我想象不出来有谁想要杀了她。我猜是个疯疯癫癫的人。"

不会是正常人,不是吗?"

"有没有人和她——吵过架或者跟她合不来?"

"你是说,她有没有敌人?我觉得这问题很傻。人们没有真正的敌人,只有你不喜欢的人。"

当他们离开房间的时候,安说:"我不想说乔伊斯的坏话,因为她已经死了,那样不好。但是她真的经常说谎。我是说,这样说自己的妹妹我很难过,可这确实是真的。"

"我们有什么进展吗?"离开的时候奥利弗夫人问。

"一点也没有,"赫尔克里·波洛说,"这很有意思。"他若有所思地说。

奥利弗夫人似乎不觉得有意思。

第八章

下午六点,松冠居。赫尔克里·波洛把一片香肠送进嘴里,然后抿了一口茶。茶太浓了,非常不合他的口味。而香肠却非常美味,做得太完美了。他感激地看着桌子对面手握棕色大茶壶的麦凯夫人。

埃尔斯佩斯·麦凯跟她的哥哥斯彭斯警司相差甚远。他长得宽阔的地方,她就长得瘦削。她的脸又尖又瘦,看一切仿佛都带着精明的审视。她瘦成了一条线,但是他们之间还是有某种相似之处。主要是眼睛,还有下巴处强硬的线条。他们每一个,波洛心想,都能做出正确的判断和准确的推理。他们的表达方式也许不同,但仅此而已。斯彭斯警司会深思熟虑之后缓慢认真地说出自己的意见,麦凯夫人却会马上出击,快速犀利,像猫扑向老鼠一样。

"很多事取决于,"波洛说,"这个孩子的性格。乔伊斯·雷诺兹。这是最让我迷惑的。"

他询问地看着斯彭斯。

"你问我也没用,"斯彭斯说,"我在这儿住的时间太短了。你最好问埃尔斯佩斯。"

波洛看向桌子对面,眉毛因为疑问而扬了起来。麦凯夫人的回答跟平时一样一针见血。

"我得说她是个名副其实的小骗子。"她说。

"她说的话你都不会相信?"

"不会,肯定。她会说一些荒诞不经的故事,还说得有头有尾。提醒您一下,反正我从来不相信她说的。"

"她那么说的目的是炫耀?"

"很正确。他们告诉您那个印度的故事了吗?有很多人相信了。她和家人一起去度假,去了国外的某个地方。我忘了是和她的父母还是叔叔阿姨去的了,反正他们去了印度,假期之后她就带回了那些关于她如何被带到那儿去的离奇故事。故事编得有声有色,真的。见到印度的国王,开枪打死一只老虎,还有看到很多大象——啊,听起来跟真的似的,她周围很多人都相信了。但是恕我直言,她越讲数量越多。我最初想,她可能只是有些夸大。可她每讲一次,数量就增加一点。越来越多的老虎,如果您能明白我的意思。打死那么多的老虎真让人难以置信。同样,大象也是,越来越多。我这才知道,她之前所说的也是在编故事。"

"都是为了吸引注意力?"

"啊,你说对了。她特别希望吸引别人的注意。"

"你不能因为一个孩子说了一个关于旅行的谎言,就说她讲过的夸张的事都是谎言。"斯彭斯警司说。

"可能不都是,"埃尔斯佩斯说,"但是我觉得是谎言的可能性很大。"

"所以如果乔伊斯·雷诺兹说她曾经见过一场谋杀,那么您会认为她很可能是在说谎,不会相信她的话是真的,对吗?"

"我就是这么想的。"麦凯夫人说。

"也许你错了。"她哥哥说。

"是的,"麦凯夫人说,"每个人都可能会犯错。就像故事里那个男孩总大喊'狼来啦,狼来啦',当狼真的来了的时候已经没有人相信他了,于是他被狼吃掉了。"

"所以您的意思是——"

"我还是认为她没有说实话,但我是个公正的人。她可能没说谎,也许她看到了什么东西,不像她说得那么夸张,但是她确实看到了什么。"

"于是她给自己招来了杀身之祸。"斯彭斯警司说,"不要忘了,埃尔斯佩斯,她最后遇害了。"

"这是事实,"麦凯夫人说,"所以我才说也许我误会她了,如果是那样,我很抱歉。但是你去问问任何认识她的人,他们都会告诉你,说谎对她来说信手拈来。她当时在参加一个晚会,别忘了,她很兴奋,她想要引起轰动。"

"确实,他们都不相信。"波洛说。

埃尔斯佩斯·麦凯疑虑重重地摇了摇头。

"她看到的被谋杀的人可能是谁呢?"波洛问。

他看看哥哥,又看看妹妹。

"没有人。"麦凯夫人坚定地说。

"附近肯定有人去世吧,我们就说过去这三年。"

"哦,那自然,"斯彭斯说,"只是平常的——老人、病人,还有一些你能预料到的,或者被车撞死的——"

"没有不寻常的或者意料之外的?"

"呃——"埃尔斯佩斯犹豫道,"我是说——"

斯彭斯插话进来。

"我在这儿简单记了几个人名。"他把一张纸递给波洛,"省得你到处去问了。"

"这些可能是被害人吗?"

"不会有那么多。只是一个参考范围。"

波洛大声读出来。

"卢埃林－史密斯夫人。夏洛特·本菲尔德。珍妮特·怀特。莱斯利·费里尔——"他停了一下,看向桌子对面,然后重复第一个名字,"卢埃林－史密斯夫人。"

"有可能,"麦凯夫人说,"是的,也许能从里面查出什么。"她又说了一个词,听起来像"呼唤声"。

"呼唤声?"波洛一脸疑惑。他没听见什么呼唤声。

"有一天晚上她离开了,走了。"埃尔斯佩斯说,"以后就再没听说过她。"

"卢埃林－史密斯夫人?"

"不,不,那个'呼唤声'女孩。她能轻而易举地往药里加点东西,然后她就能拿到那些财产,不是吗——或许她这么想过吧?"

波洛看向斯彭斯寻求解释。

"从那以后就没有她的消息了,"麦凯夫人说,"那些外国女孩都一样。"

波洛恍然大悟,明白了"呼唤声"到底是什么。

"一个互换生女孩。"他说。

"对。跟老太太一起住,老太太死后一两周,那个互换生女孩就消失了。"

"我敢说,是跟某个男人私奔了。"斯彭斯说。

"但如果是那样,怎么会没人知道他是谁呢?"埃尔斯佩斯说,"一般都会有很多流言,说谁要跟谁走了。"

"有人觉得卢埃林－史密斯夫人的死有什么不妥之处吗?"波洛问。

"没有，她患有心脏病，定期看医生。"

"但是老朋友，您为什么把她列在了名单首位？"

"哦，她很有钱，非常富有。她的死虽然并不出人意料，但是非常突然。我得说毫无预兆，弗格森医生就吃了一惊，虽然只是稍微有些惊讶。我猜在他的预期里，她还能活得更长些。但是医生也免不了会吃惊。她不是个乖乖遵医嘱的人。医生告诉她不要过度劳累，可她仍然随心所欲。比如，她非常热衷园艺，那对她的心脏并不好。"

埃尔斯佩斯·麦凯接过话茬说道："她是在身体状况很不好的时候才搬到这里的。她之前住在国外。她搬来是为了离她的侄子和侄媳妇近些，就是德雷克夫妇。她买了石矿府，一座维多利亚式的大房子，吸引她的是里面一个废弃的采矿场。她花了数千英镑把那个采矿场打造成了一个地下花园，大概是叫这个。她从威斯利还是哪儿请的一位造园师设计的。哦，我跟您说，那个地方值得一看。"

"我会去看看的，"波洛说，"谁知道呢，也许它能给我一些灵感。"

"对啊，如果我是你，我会去看看。很值得一去。"

"您刚才说，她很有钱？"波洛问。

"一个大型造船商的遗孀。她有成袋成袋的钱。"

"她的死并不意外，因为她有心脏病，但是她的死很突然。"斯彭斯说，"没人怀疑她不是自然死亡。心脏衰竭，或者医生们说的一长串的什么名词，冠状动脉什么的。"

"也从没提出过验尸吗？"

斯彭斯摇了摇头。

"以前也发生过这种事，"波洛说，"一个老太太被叮嘱说行动要小心，不能来回上下楼，不能干高强度的园艺活计，等等。但是如果碰上一个精力充沛的老太太，她一生热衷于园艺，大多数时候都是随心所欲，那么她自然不会把那些嘱咐放在心里。"

"完全正确。卢埃林－史密斯夫人把一个采矿场建成了那么美妙的花园——或者说是造园师弄的。他和他的雇主忙活了三四年。她曾在爱尔兰经见过很多园林，我觉得。她在一次国家信托旅行活动中参观了很多园林。以此为蓝图，他们彻底改造了那片地方。哦，对，眼见为实。"

"那么这是自然死亡，"波洛说，"当地医生证实了这个说法。现在这里的医生还是那个人吗？就是我一会儿要去见的那个医生？"

"弗格森医生——是的。他快六十岁了，医术精湛，在这里颇受爱戴。"

"但是您怀疑她的死可能是谋杀，是吗？还有什么原因您没告诉我呢？"

"首先，是那个互换生女孩。"埃尔斯佩斯说。

"为什么？"

"嗯，她肯定伪造了遗嘱。如果不是她，还能有谁呢？"

"您说得详细一些，"波洛说，"伪造遗嘱，到底怎么回事？"

"好吧，遗嘱检验的时候出了一些麻烦，随便你怎么称呼它，那个老太太的遗嘱。"

"那是一份新遗嘱？"

"他们称它，听起来像什么鱼？捕鱼——补遗。"

埃尔斯佩斯看看波洛，见他点了点头。

"她以前立过遗嘱，"斯彭斯说，"大体都差不多。捐给慈善机构的，给老仆人的，但是大部分她的财产都是留给她的侄子和他妻子的,他们是她的近亲。"

"那这个特别的补遗呢?"

"把所有的财产都留给那个互换生女孩了,"埃尔斯佩斯说,"因为她的悉心照顾和善良美好。大概是这么写的。"

"那么,多告诉我一些这个互换生女孩的情况。"

"她来自中欧的某个国家,名字特别长。"

"她和老太太一起住了多久?"

"刚一年多点。"

"您总叫她老太太。她到底多大岁数?"

"六十好几了。大概六十五六岁。"

"也不是特别老。"波洛感慨道。

"加起来算,她立过好几份遗嘱了,"埃尔斯佩斯说,"像伯特告诉你的那样,基本大同小异。捐些钱给一两个慈善机构,有时候会换成别的慈善机构,或者把留给老仆人的纪念品换成其他东西什么的。但是大部分钱都留给她的侄子和侄媳妇,可能还有一个老表妹,但是那个人比她去世得还早。她把她建的一栋平房留给了造园师,让他想住多久就住多久,还给他一笔钱来维护采矿场花园,让人们参观。就是这类内容。"

"我猜她的家人一定是称她的心智突然紊乱失衡才造成了这样糟糕的结果吧?"

"我觉得可能这么提过,"斯彭斯说,"但是律师,像我说的那样,很快就把矛头对准了遗嘱是仿造的。那份遗嘱并不让人信服,很明显。他们马上就辨认出来了。"

"而有证据显示那个互换生女孩能很轻易地做到这一点,"埃尔斯佩斯说,"您知道吗,她替卢埃林-史密斯夫人写了很多信,而且卢埃林-史密斯夫人好像特别不喜欢用打字机给朋友写信。如果不是商业信函，她都会说：'你替我写吧，越像我的字越好，替我签上名字。'明登夫人，她的清洁女工，有一天听到她这么说了。我觉得那个女孩已经习惯了替她写信，而且游刃有余。就这样，那个想法突然冒了出来。但是我说过，律师的眼太尖了，马上就发现了。"

"卢埃林－史密斯夫人的私人律师？"

"是的，富勒顿、哈里森和莱德贝特，他们的事务所在曼彻斯特很有名。他们一直为她处理法律事务。无论如何，他们请了专家进行鉴别，提出了不少问题，那个女孩也一直被盘问，弄得紧张分兮。有一天她就走了，一半的东西都没收拾。他们还想进一步询问她，但是她已经溜走了，摆脱了那一切。离开了这个国家，只要选好了时间，说真的，并不太难。因为你不用护照就能在这片大陆进行一日游，如果你和那边的人稍稍安排一下——当然也可能是在有任何风吹草动之前就安排好了。她可能回了自己的国家，或者隐姓埋名，也可能投奔朋友去了。"

"但是所有人都认为卢埃林－史密斯夫人是自然死亡啊？"波洛问。

"是的，我不觉得这里面有什么问题，我只是说有可能。因为，我说过，这些事是在医生确定没有疑点之前发生的。我猜是乔伊斯听到了一些东西，比如那个互换生女孩给卢埃林－史密斯夫人端药，而老太太说'这药喝着跟以前味道不一样'，或者'这药苦味更大了'，或者'药味真奇怪'之类的。"

"你这么说大家会以为你当时在场，埃尔斯佩斯，"斯彭斯警司说，"这都是你的想象。"

"她是什么时候死的？"波洛问，"早上还是晚上？在屋里还是外面？在家还是别的地方？"

"哦，在家。那天她从花园干活回来时，呼吸非常急促。她说她特别累，就去床上躺着了。总而言之，她再没醒过来。好像从医学角度说，非常正常。"

波洛拿出一个小笔记本。一页纸上已经写着"被害人"几个字。在下面，他写道：第一位可能的受害人，卢埃林－史密斯夫人。他在后面几页分别写上了斯彭斯提出的其他几个人。然后他询问道："夏洛特·本菲尔德呢？"

斯彭斯马上回答："十六岁，商店售货员，头部多处受伤。尸体是在采矿场树林附近的小路上发现的。嫌疑人是两个小伙子。他们都曾同她约会过。但没有证据。"

"他们配合审讯吗？"波洛问。

"如你所说，都含糊其辞。他们不怎么配合，两人都吓坏了。说谎，还自相矛盾。虽然证据不足不能判定他们是嫌犯，但是也不排除他们中某个就是凶手。"

"他们都是什么样的人？"

"彼得·戈登，二十一岁。无业。曾有过一两份工作，但都时间不长就被辞退了。懒惰，外表不错。曾有一两次因小偷小摸被判缓刑察看，之前没有施暴记录。和一群青少年犯混在一起，但是总能从严重的纠纷中脱身。"

"另一个呢？"

"托马斯·赫德，二十岁。有些口吃，腼腆，容易过度焦虑。想做一名老师，可成绩不合格。母亲是寡妇，十分溺爱孩子。不鼓励他交女朋友，千方百计把他捆在身边。他在一家文具店工作。没有犯罪前科，但是有心理犯罪的可能。那个女孩把他玩弄得很苦。妒忌可能是一个动机，不过我们没有起诉的证据。两人都有不在场证明。赫德的母亲证明他不在现场，她指天发誓说她的儿子一整晚都和她在家。也没人证明他不在家,或者在别的地方见过他,或者他在现场附近。小戈登的一些狐朋狗友证明他不在场。不怎么可信,但是也无法反驳。"

"这是什么时候发生的?"

"十八个月之前。"

"地点呢?"

"离伍德利社区不远的一条田间小路上。"

"四分之三英里远。"埃尔斯佩斯说。

"离乔伊斯家——雷诺兹家近吗?"

"不近,在村子的另一边。"

"这看起来不像乔伊斯所说的谋杀案。"波洛若有所思地说道,"如果你看见一个小伙子使劲击打一个女孩的头部,你马上就能想到那是谋杀,不需要等一年的时间才想明白。"

波洛读出下一个名字。

"莱斯利·费里尔。"

斯彭斯又开口说道:"律师事务所职员,二十八岁,任职于曼彻斯特市场街的富勒顿、哈里森和莱德贝特律师事务所。"

"他们是卢埃林-史密斯夫人的法律顾问吧,我记得您提过。"

"是的,就是他们。"

"那莱斯利·费里尔出了什么事?"

"他被人从背后砍死了。在离绿天鹅旅店不远的地方。据说他跟房东哈里·格里芬的太太暧昧不清。她曾经是个美人,现在还风韵犹存。可能年纪有些大了,比他大五六岁,但是她就喜欢年轻人。"

"凶器呢?"

"没有找到作案的匕首。据说莱斯利跟她分手,和别的女孩好上了,但是很遗憾,一直都没弄清楚这个女孩是谁。"

"啊,那这个案子的嫌疑人是谁?房东或者他的妻子?"

"完全正确,"斯彭斯说,"很可能就是他们中的一个。妻子的嫌疑更大。她有一半吉卜赛血统,而且喜怒无常。不过也有其他可能。我们的莱斯利过去也不是完全清白的。二十来岁的时候卷入了一场麻烦,在某个地方做了假账,有了伪造罪的污点。据说他来自一个破碎的家庭,诸如此类。有雇主为他说话。他被判了短期徒刑,出狱后就进了富勒顿、哈里森和莱德贝特的律师事务所。"

"那之后他改邪归正了吗?"

"呃,不知道。据他的雇主所说他很规矩,但是他和他的朋友有几笔有问题的交易。你可以称他为问题青年,但是他行事很小心。"

"还有别的可能吗?"

"还可能是他那群没有信誉的狐朋狗友中的一个干的。在那么一个流氓团伙里,一旦你让他们失望了,就有可能有人在背后捅你一刀。"

"还有其他情况吗?"

"哦,他的银行账户里有很多钱。用现金存的。没有证据显示是哪儿来的。这本身就值得怀疑。"

"是偷的富勒顿、哈里森和莱德贝特的吗?"

"他们说不是。他们有注册会计师管理账目,并负责监督。"

"警察也不知道这笔钱可能是从什么地方来的吗?"

"不知道。"

"也不是。"波洛说,"不像是乔伊斯说的谋杀,我觉得。"

他念到最后一个名字:"珍妮特·怀特。"

"死在一条从校舍到她家的捷径上,被人掐死的。她和另一位老师,诺拉·安布罗斯合住一套公寓。据诺拉·安布罗斯说,珍妮特·怀特偶尔说过一个一年前就跟她分手的男人经常给她寄恐吓信,弄得她特别害怕。诺拉·安布罗斯不知道那个男人的名字,也不知道他的准确住址。"

"啊,"波洛说,"我觉得这个更有可能。"

他在珍妮特·怀特的名字前打了一个又粗又黑的勾。

"这更像乔伊斯那个年龄所能看到的谋杀。她可能认出了被害者,是她认识或者教过她的教师;她很可能不认识那个凶手。她可能看到两个人在扭打,或者听到她认识的人和一个陌生男人在吵架,但是在那个时候没有多想。珍妮特·怀特的被害时间是什么时候?"

"两年半之前。"

"同样,"波洛说,"时间也比较符合。那个年龄她还意识不到那个男人把手环绕着珍妮特·怀特的脖子不仅可能是相拥互吻,还可能是要掐死她。但是随着她逐渐懂事,她突然想到了更合理的解释。"

他看向埃尔斯佩斯。"您同意我的推理吗?"

"我明白您的意思,"埃尔斯佩斯说。"但是您这样不是太绕远了吗?去追查一桩过去的谋杀案,而不是去查三天前杀死伍德利社区那个孩子的凶手?"

"我们顺着过去追查未来,"波洛说,"也就是说,我们从两年半之前下手,一直追查到三天前。然后,因此,我们得考虑,毫无疑问,您已经思考过的——伍德利社区的这些人中谁可能和一桩旧案有牵连?"

"那现在我们可以把范围缩小一些了。"斯彭斯说,"前提是我们认为你的推论是正确的,也就是乔伊斯被杀的原因是她那天宣称见过一场谋杀,她是在为晚会做准备的时候说那些话的。提醒你,我们把这一点当作作案动机可能是错的,虽然我认为没有错。在这个基础上我们推断,她声称见过一场谋杀,而当时为晚会做准备的人中的某人听到了她的话,并且迫不及待地动手了。"

"都有谁在场?"波洛问,"我相信,您一定知道。"

"是的,我给你列了个名单。"

"您仔细核对过了吧?"

"是的,我检查了很多遍,但是这工作很麻烦,列出了十八个人名。"

  万圣节前夜晚会准备期间在场人员名单
  德雷克夫人(主人)
  巴特勒夫人
  奥利弗夫人
  惠特克小姐(学校教师)
  查尔斯·科特雷尔牧师(教区牧师)
  西蒙·兰普顿(副牧师)
  李小姐(弗格森医生的配药师)
  安·雷诺兹
  乔伊斯·雷诺兹
  利奥波德·雷诺兹
  尼古拉斯·兰瑟姆
  德斯蒙德·霍兰德
  比阿特丽斯·阿德利

凯西·格兰特

戴安娜·布伦特

加尔顿夫人（家政服务）

明登夫人（女清洁工）

古德博迪夫人（帮工）

"您确定这是在场的所有人吗？"

"不，"斯彭斯说，"我不确定。我真的确定不了。没人能确定。你知道，会有人临时送各种东西，有人拿来一些彩灯，有人提供一些镜子，还有送盘子的，有拿来塑料桶的。那些人把东西拿过来，说了几句话，然后又走了。他们没留下来帮忙，所以这些人可能被忽视，想不起来他也在现场。但是有人，即使只是把水桶拿进大厅的工夫，也有可能听到乔伊斯在客厅说的话。她几乎是在大喊大叫。我们不能局限于这个名单，可我们只能做这么多。给你看看。个别名字旁边我做了简单的描述。"

"非常感谢您。还有一个问题。您肯定问过当时在场的一些人了。有没有人，任何人，提起过关于乔伊斯说看到过谋杀案的事？"

"我觉得没有，没有任何官方记录，我是听你说才知道的。"

"很有意思，"波洛说，"这也很不寻常。"

"很明显没人把它当真。"斯彭斯说。

波洛若有所思地点了点头。

"我得去赴和弗格森医生的约会了，他应该做完手术了。"

他把斯彭斯给他的名单折起来放进口袋。

第九章

弗格森医生六十岁上下,有苏格兰血统,举止粗鲁。他用竖起的眉毛下那双敏锐的眼睛把波洛从上到下打量一遍,然后说:"好吧,你有何贵干?坐吧,小心那条椅子腿,脚轮松了。"

"我得先说明一下,"弗格森医生说,"在这样一个地方,哪儿有点风吹草动大家就都知道了。那个女作家把你当作世界上最优秀的侦探,因此带到这儿来让警察头疼——这么说差不多吧,对吗?"

"也不完全是。"波洛说,"我来这里看望一位老朋友,前警司斯彭斯,他和他的妹妹住在这里。"

"斯彭斯,嗯。斯彭斯是好样的。当斗牛犬培养出来的老实忠厚的旧派警察。不渎职,不暴力,也不蠢,绝对诚实可靠。"

"您的评价恰如其分。"

"那么,"弗格森说,"你们都谈了些什么?"

"他和拉格伦督察对我都特别热情。您也能那样就好了。"

"我没什么能热心的地方。"弗格森医生说,"我不清楚发生了什么事。一个孩子在晚会上被人把头摁进水桶里淹死了,真残忍。提醒你,杀害孩子在这个社会已经不是少见多怪的事了。最近十年里,我有很多次被叫去查看孩子们的尸体——太多了。很多应该被严加看管的有精神问题的人没有被约束起来。精神病院腾不出地方了。所以他们自由出行，说话、行为举止都和正常人一样，可实际他们正在寻找下手的目标。他们还自得其乐。虽然很少有人在晚会上动手。我猜，是因为被抓住的可能性太大，但是精神错乱的杀人犯也可能会被那种新鲜感诱惑。"

"您对杀死她的凶手有什么看法呢？"

"您真认为我可以回答这样的问题吗？我得有证据，不是吗？我必须得确定。"

"您可以猜猜。"波洛说。

"谁都会猜。如果我去给一个孩子看病，我得猜他是得了麻疹还是吃海鲜或者是睡羽毛枕过敏了。我得问清他们吃了什么、喝了什么、睡的什么枕头，或者他们有没有见别的孩子。他们是否和史密斯夫人还有罗宾森夫人家的孩子一起坐了一辆拥挤的公交车，那几个孩子有没有得麻疹，类似这些问题。然后我才能得出一个近一步的结论，而这个结论还有很多可能性。我跟你说，这就是诊断，不能操之过急，一定要步步为营。"

"您认识那个孩子吗？"

"当然，她是我的一个病人。这里有两个医生，我和沃洛。我正好是雷诺兹一家的家庭医生。乔伊斯是个挺健康的孩子。得过一些小孩子都会得的小病，没什么特殊或异常的，能吃能说。能说对她没什么不好，但是太能吃让她时不时受过去被称为胆汁病的折磨。她得过腮腺炎和水痘，就这些。"

"但是她可能在某个场合说得太多了，像您提到的那样，有可能吗？"

"这就是你调查的方向？我听到过类似的说法。就是'男管家看见了什么'之类的情节——这次的悲剧是这样吗？"

"这很可能成为一个动机，一个理由。"

"哦，对，我同意。不过还有一些别的理由。如今常见的答案就是精神分裂。至少，在曼彻斯特法庭上经常这么宣布。没人能从她的死得利，没人恨她。但是我觉得在现在这个社会，你不必在孩子身上找原因。原因在别的地方，藏在凶手的心里。在他错乱的心智、邪恶的灵魂还有扭曲的心灵里。不管你怎么形容吧。我不是心理学家，我有时候都听腻了什么'建议让心理医生做个鉴定'之类的话。一个小伙子闯进了什么地方，打碎了镜子，偷了几瓶威士忌或者银器，砸了一个老太太的头，等等。是什么动机都不重要了，反正都会让他们去看心理医生。"

"在这个案子里，您觉得谁应该去看心理医生呢？"

"你是说那天晚上在现场的人吗？"

"对。"

"凶手当时肯定在现场，是吗？否则也就不会发生谋杀了吧？他可能在客人之中，在帮手之中，或者有预谋地从窗户跳进来了。他可能熟悉那栋房子窗户的锁扣。也可能以前就去过，四处查看过。不管是男人还是男孩，他就想要杀人。这并不罕见，曼彻斯特有过这么一个案子。一个十三岁的男孩，他想杀人，于是他杀死了一个九岁的孩子，偷了一辆车，开到七八英里外的一片矮林，把她埋在那里，然后走了。直到他二十一二岁之前我们一直以为他清清白白的。不过我们只是听他这么说，他可能准备那么做，也可能已经干过了。我们发觉他爱杀人。别以为他杀了很多人，或者以前警察找过他他就不干了。他时不时就有杀人的冲动，心理报告说他是在精神错乱期间杀的人。我想说有这样的一个案子，这一类的。我不是心理医生，谢天谢地。我有一些做心理医生的朋友。他们有的很理智，还有的——哦，我得说他们自己也得去看心理医生了。杀死乔伊斯的那个家伙可能有善良的父母、正常的举止、英俊的外表,没人认为他有什么问题。一口咬上一个多汁的红苹果,咬到了苹果核,一个邪恶的想法就摇头摆尾地冒了出来。很多人有这种情况,我不得不说,现在比以前多很多。"

"您自己有怀疑对象吗?"

"我不能冒险,没有证据就随便判定谁是凶手。"

"不过,您得承认肯定是当时在晚会上的某个人做的。没有凶手,哪儿来的谋杀案。"

"侦探小说里的谋杀案都是那么写的吧。也许您那位宝贝女作家就是那么写的。但是在这个案子里,我同意这个说法。凶手肯定之前去过那儿。也许是客人,也许是仆人,也可能是某个从窗户进去的人。如果他事先查看过窗栓,很容易就能进去。某个疯子可能突然觉得在万圣节前夜晚会上杀人很新鲜有趣。这就是你着手的地方,是吗?就是某个当时在晚会上的人。"

浓密眉毛下的一双眼睛冲着波洛眨了眨。

"我自己当时也在场,"他说,"进去得比较晚,只是去看看进行得怎么样了。"

他用力点点头。

"对,这就是问题,不是吗?就像报纸上写的社会公告——"

"在场的人中有一个是——杀人凶手。"

第十章

波洛抬头看看榆树小学,暗暗赞赏。

一位校长秘书模样的人接待了他并把他带了进去。埃姆林小姐从桌子前站起来迎接他。

"很高兴见到您,波洛先生。久仰大名。"

"您真客气。"波洛说。

"我的一个老朋友跟我提过您,布尔斯特罗德小姐,芳草地学校的前任校长[①]。您还记得布尔斯特罗德小姐吧?"

"一般人都不可能忘了她吧。她是个了不起的人物。"

"是的,"埃姆林小姐说。"她把芳草地建成了一所名校。"她轻轻叹了口气,"现在芳草地也有些变了。目标变了,方法也变了,但还是一个坚持有特色、有进步、有传统的学校。啊,好吧,我们不能总活在过去。您来找我,毫无疑问,是为了乔伊斯·雷诺兹被杀的事吧?我不知道您对这个案子有什么特殊的兴趣。这不在您的负责范围之内吧,我猜。还是您认识她,或者她的家人?"

"不认识,"波洛说,"我是应一位老朋友阿里阿德涅·奥利弗夫人之邀来的,她当时在这边作客并且参加了晚会。"

[①] 见阿加莎·克里斯蒂另一部作品《鸽群中的猫》。

"她的书写得很棒,"埃姆林小姐说,"我见过她一两次。好吧,这样事情讨论起来就简单多了,我猜。没有掺杂个人感情,说话就不用拐弯抹角。发生这样的事真是太可怕了。如果我能这么说,这看起来像不可能发生的事。涉及的孩子都半大不小,没法把案子归进哪个特殊类型。说明这是心理问题导致的犯罪。您赞成吗?"

"不,"波洛说,"我觉得这是谋杀,跟大多谋杀案一样,有作案动机,也许还是个卑鄙的动机。"

"的确。理由呢?"

"理由就是乔伊斯说的那些话。据我所知,并不是在晚会上,是在那天早些时候,一些大一点的孩子和帮手正为晚会做准备时,她宣称她见过一次谋杀。"

"有人相信她吗?"

"整体来说,我觉得没人相信她。"

"那应该是大家最有可能的反应。乔伊斯——我坦白跟您说,波洛先生,因为我们不想让不必要的感情干扰理智——她是个很平庸的孩子,不笨,也不是特别聪明。她在说谎方面有强迫症。不是试图逃避惩罚或者遮掩什么小过失,她就是吹牛,编一些没发生过的但是可以吸引她的朋友的事。结果,当然,没人愿意相信她那些离奇的话。"

"您认为她炫耀说看到过一场谋杀是为了显摆自己,吸引别人的注意?"

"是的,而且我觉得她肯定是想引起阿里阿德涅·奥利弗夫人的注意……"

"所以您根本不相信乔伊斯看到过谋杀?"

"我很怀疑。"

"您的意思是,那都是她编出来的?"

"也不能那么说。她可能确实见到了什么,也许是一场车祸,也许是看到有人在高尔夫球场上被球砸伤了——诸如此类的事,她就可以夸大成一桩让您信服的谋杀案。"

"所以我们唯一能确定的就是,凶手去过万圣节前夜晚会。"

"当然,"埃姆林小姐说,丝毫没有惊慌,"当然,这符合逻辑,不是吗?"

"您觉得凶手会是谁呢?"

"这个问题太敏感了。"埃姆林小姐说,"毕竟,晚会上大部分孩子都在九岁到十五岁之间,我猜他们基本都在或者曾经在这所学校上过学。我应该对他们有所了解,包括他们的家庭和背景。"

"我听说一两年前贵校的一位老师被一个不知名的人掐死了。"

"您是说珍妮特·怀特?她大概二十四岁,多愁善感。据大家所知,那天她独自出了门,也许是和某个小伙子有约会。她是那种很低调却很有魅力的女孩。杀害她的凶手一直没找到。警察找了很多小伙子问话,希望他们配合调查,可是都没找到足够的证据来起诉某个人。对警察来说这很让人失望。对我来说,也一样。"

"我们都有一个共同的原则,反对谋杀。"

埃姆林小姐盯着他看了一会儿。她的表情没变,但是波洛能感觉到她正密切观察着他,衡量着什么。

"我同意您的说法。"她说,"从现在我们的所见所闻看,对大部分人来说,谋杀已经慢慢变得可以接受了。"

她沉默了几分钟,波洛没有打扰她。他觉得,她是在考虑下一个行动方案。

她站起来,按了一个铃。

"我觉得,"她说,"您最好和惠特克小姐谈一谈。"

埃姆林小姐出去大约五分钟之后,门开了,一个四十岁左右的女人出现了。她顶着一头黄褐色的短发,轻快地走进来。

"波洛先生?"她说,"我能帮什么忙吗?埃姆林小姐好像觉得我能帮忙。"

"如果埃姆林小姐这么认为,那您就肯定能。我相信她的话。"

"您认识她?"

"我今天下午第一次见到她。"

"但是您很快就认可她了。"

"我希望您能证明我是对的。"

伊丽莎白·惠特克短促地叹息一声。

"哦,对,您是对的。我猜您是为了乔伊斯·雷诺兹的死来的。我不清楚您是怎么参与进来的。通过警方?"她不满意地轻轻摇了摇头。

"不是,不是通过警方,而是私人的,通过一个朋友。"

她在一把椅子上坐下,往后推了推,以便和他面对面。

"哦。您想知道什么?"

"我想没必要细说了。不必在那些无所谓的问题上浪费时间。那天晚会上发生的一些事正是我想了解的,不是吗?"

"是的。"

"您当时在晚会上吗?"

"我在。"她回想了一下,"晚会办得很好,进行得很顺利,安排得也很周到。大概有三十来个人,包括各种帮手,孩子、青少年、大人、还有一些清洁工、家里的仆人什么的在后面忙活。"

"您参加了晚会的准备工作吗，在那天下午或早上？"

"其实没什么好帮忙的。只要有少数几个人帮忙，德雷克夫人就完全有能力做好各种准备工作。更需要的是一些家务事的准备。"

"我明白了。不过，您是作为宾客去参加晚会的吗？"

"是的。"

"发生了什么事？"

"晚会的流程，毫无疑问，您已经都知道了。您想知道我是不是注意到了一些特别的或者我觉得可能有某种意义的事吧？我不想白白浪费您的时间。"

"我肯定您不会浪费我的时间。好的，惠特克小姐，简单跟我描述一下。"

"各种项目按事先的安排进行。最后一个项目更像是圣诞节的游戏，而不太和万圣节有什么关系。抓火龙，浇了白兰地的一大盘燃烧的葡萄干，周围的人用手去抓葡萄干——人们兴奋地尖叫大笑。因为燃烧的盘子，房间里变得很热，所以我离开房间去了大厅。就在那时，我站在那儿，看见德雷克夫人从一楼楼梯平台的盥洗室出来，抱着一个盛着秋叶和鲜花的大花瓶。她在楼梯的拐角处站了一会儿才下楼。她越过楼梯往下看，没看我的方向。她在看大厅的另一边，那里有一道门通向藏书室，正对着通向餐厅的门。像我说的那样，她站在那儿往那边看了一会儿才下楼。她稍微调整了一下花瓶的角度，那只花瓶很不好拿，而且如果里面都是水我猜肯定很沉。她小心地调整了一下抱花瓶的姿势，那样她就能一只手抱着花瓶，一只手扶着楼梯扶手，从比较难走的拐弯处下来。她在那儿站了好一会儿，还是没看怀里抱着的花瓶，而是看向大厅下面。然后她突然动了一下——我想把它描述成惊跳——对，肯定有什么事吓到她了。她太震惊了，以致抱花瓶的手松了，花瓶落了下去，瓶口翻转过来洒了她一身水，然后掉到大厅的地上，摔得粉碎。"

"我知道了。"波洛说。他盯着她看了一会儿，发现她的眼睛精明而睿智。它们在询问他对刚才这些话的看法。"您觉得是发生了什么让她受到了惊吓呢？"

"后来回想起来，我觉得她是看到了一些什么。"

"您觉得她看到了些什么，"波洛若有所思，"比如呢？"

"她看的方向，我告诉过您，是藏书室的门的方向。我觉得很可能她是看到藏书室的门开着或者门把手转动了，她还有可能看见了更多东西。她可能看见有人打开门正要从里面出来，也可能是看到了意料之外的人。"

"您看那扇门了吗？"

"没有，我看的是相反的方向，顺着楼梯向上看德雷克夫人。"

"但您很确信她看到了让她很震惊的事？"

"是的，也许就只是那样——门开了，出来了一个人，一个让她意想不到的人。那种冲击足够让她震惊得没抱稳那个盛满花和水的沉重花瓶，让它摔了下去。"

"您看见有人从那扇门出来吗？"

"没有，我没看那边。我不认为真的有人从那里出来了，更有可能那个人又缩回去了。"

"那接下来德雷克夫人做了什么？"

"她苦恼地尖叫了一声，走下楼来，对我说：'看看我干的好事！真是糟糕透了！'她把一些碎片踢到了一边，我又帮她把一些碎片扫到了角落。在那时候没法彻底地清理干净。孩子们从玩抓火龙的房间里跑出来。我找来一块布，帮她稍微擦了擦身上的水，之后很快晚会就结束了。"

"德雷克夫人没说她被吓到了，或者提到是什么吓到她了之类的话吗？"

"没有，什么都没提。"

"但是您认为她被吓到了。"

"可能是，波洛先生。您认为这是一些无关紧要的事，是我小题大做了吗？"

"不，"波洛说，"我绝没那么想。我只见过德雷克夫人一次，"他若有所思地补充道，"我和朋友奥利弗夫人去她家——或者可以说，如果想要听起来更戏剧化——去查看作案现场。那次短短的会面给我的印象是，德雷克夫人不是一个很容易被吓到的人。"

"的确。这也是我后来一直觉得奇怪的原因。"

"您当时没问怎么回事吗？"

"我根本没有理由那么做。如果您作客时女主人不小心失手摔碎了她最好的玻璃花瓶，作为客人，您绝对不应该说出'你怎么把花瓶摔了呢？'这样的话指责她笨手笨脚，而我向您保证，笨手笨脚绝不是她的个性。"

"在那之后，您说过，晚会就结束了。孩子和他们的母亲或朋友离开了，而大家找不到乔伊斯。现在我们都知道她在藏书室的门后了。那么在稍早一点，我们是不是可以推测，有人刚要从藏书室出来，忽然听到了大厅花瓶摔碎的声音，就重新关上了书房的门，等听到人们在大厅里穿外套并互相打招呼告别，才偷偷溜走了？直到尸体被发现，我猜，惠特克小姐，您才有时间去回想您看到的那一幕吧？"

"就是这样。"惠特克小姐站了起来，"很抱歉我只能告诉您这么多了。甚至这些也都是无关紧要的小事。"

"但是很值得注意。任何引人注意的东西都值得记住。顺便我还有一个问题要问您。实际上，是两个问题。"

伊丽莎白·惠特克重新坐下。"问吧，"她说，"您想问什么？"

"您还记得晚会上各个项目的准确顺序吗？"

"应该记得。"伊丽莎白·惠特克回想了片刻，"最先是扫帚比赛，装饰过的扫帚。有三四种不同的小奖品。然后是一种气球比赛，用手或者球拍拍着到处走。这样的小游戏让孩子们热热身。还有照镜子把戏，女孩们在一间屋子里拿着镜子，会有男孩或者小伙子的脸出现在里面。"

"那是怎么弄的？"

"哦，很容易。把门上的气窗摘下来，不同的人从那儿往里看，就能反射到镜子里了。"

"那女孩们知道她们在镜子里看到的是谁吗？"

"我猜有的知道，有的不知道。男孩都化了妆，您知道，戴了面具或者假发、连鬓胡子、络腮胡，或者涂了油彩。大部分都是女孩认识的男孩，也可能有一两个陌生人在里面。不管怎么说，女孩们咯咯笑得挺开心的。"惠特克小姐说，有一刻露出了对这种乐趣不屑的表情，"那之后是障碍赛跑，然后是把一杯面粉压实倒扣在桌子上，上面放上一枚六便士的硬币，每个人切一角面粉下来，让硬币滑下来的那个人就出局，最后剩下的那个人就赢得了那六便士。再之后是跳舞，然后是晚餐。之后，最后的高潮，就是抓火龙。"

"您最后一次见到乔伊斯是什么时候呢?"

"我记不清了,"伊丽莎白·惠特克说,"我不是很了解她。我不教她,她也不是一个特别有趣的孩子,所以我没怎么注意她。但是我确实记得看见她切面粉了,因为她笨手笨脚的,一下子就切散了。所以那时候她还活着——但是那会儿还早呢。"

"您看见她和什么人进藏书室了吗?"

"当然没有。如果有的话我之前就会提到了。这一点会很重要。"

"那么现在,"波洛说,"我开始问第二个问题,或者第二组问题。您来这所学校多久啦?"

"今年秋天就六年了。"

"您教——"

"数学和拉丁文。"

"您记得两年前在这里教书的一个女孩吗,她叫珍妮特·怀特?"

伊丽莎白·惠特克的身体僵了一下,她从椅子上站起来,然后又坐下。

"但是那件事,那件事和这个案子没有关系吧?"

"也可能有关系。"波洛说。

"但是怎么会?有什么样的关系?"

学校圈子听到的流言比村子里少多了,波洛想。

"乔伊斯之前声称她几年前见过一场谋杀。您认为,她说的可能是珍妮特·怀特的死吗?珍妮特·怀特是怎么死的?"

"被掐死的,一天晚上在从学校回家的路上。"

"她自己?"

"也许不是自己。"

"不是和诺拉·安布罗斯?"

"您了解诺拉·安布罗斯吗?"

"目前还完全不了解,"波洛说,"但是我很想知道。她们年^①是什么样的人,珍妮特·怀特和诺拉·安布罗斯?"

"都纵欲过度,"伊丽莎白·惠特克说,"但是在不同方面。乔伊斯怎么会看到或者知道这些事呢?那发生在离采矿区不远的一个树林里。她当时才不过十一二岁。"

"她们俩谁有男朋友?"波洛问,"诺拉还是珍妮特?"

"这些都过去了。"

"罪过会跟人一辈子,"波洛引用老话说,"随着时间的流逝,就越来越能体会这句话的真意。诺拉·安布罗斯现在在哪儿?"

"她离开了学校,在英格兰北部找了个工作——她当时,很自然,非常紧张。她们俩曾经——很要好。"

"警察一直没破案吗?"

惠特克小姐摇摇头。她站起来看了看表。

"我得走了。"

"感谢您告诉我这些情况。"

第十一章

赫尔克里·波洛抬头看着石矿府的正面。这是一座坚固精美的、典型的维多利亚时代中期建筑。他可以想象出建筑内部的情景——一个沉重的桃花心木餐具柜,中央是同样材质的矩形餐桌,一间台球房,也许还有带碗碟储藏间的大厨房,地面上铺着石板,有一个庞大的煤炉,当然现在肯定已经改成电炉或者煤气炉了。

他注意到楼上大部分房间都拉着窗帘。他按响了前门的门铃。应门的是一个身材瘦削、头发花白的老太太,她告诉他上校和韦斯顿夫人都去了伦敦,得下周才回来。

他问起石矿树林,被告知那里是免费对公众开放的。沿着路走五分钟就能到达入口。他将会看到大铁门上挂着一个告示牌。

波洛很容易就找到了地方,穿过大门,走上一条通向树林和灌木的小路。

不久,他停下来,陷入了沉思。他的思绪没有停留在眼前的景色和身边的环境上,而是反复重复着一两句话,回忆着一两个已经知道的事实,他一边说给自己听,一边飞快地想着。一份伪造的遗嘱,伪造的遗嘱和一个女孩。一个消失的女孩,遗嘱是从对女孩有利的方面伪造的。一位年轻的园艺师来到这里,通过专业技能把一个废弃的、布满粗糙石头的采矿场建成了一个花园,一个地下花园。想到这儿,波洛看了看四周,点了点头赞成这个名字。石矿花园听起来很粗俗,会让人想起石头爆破时的噪音,还有被卡车拉走去修路的一堆堆碎石。那都是工业的需求。但是一个地下花园——那就不一样了。这勾起了他心里很多模糊的记忆。卢埃林-史密斯夫人曾参加过一次国家信托的爱尔兰园林观光团。他本人五六年前也去过爱尔兰,是去调查一桩古老家族的银器被盗案。那桩案子里有几处很有意思,激起了他的好奇心,而且(像往常一样)——波洛在心里括了个括号——成功完成了他的使命。之后他抽了几天时间到处游玩观光。

他记不清参观的到底是哪个园林了。他想大概离科克不远。基拉尼湖吗?不,不是基拉尼湖。离班特里湾不远的一个地方。他记得那座园林是因为它与众不同,他称它为这个时代最伟大的创造之一,如同法国的城堡园林和庄严美丽的凡尔赛宫一样。他记得,他和几个人一起乘一条小船出发,如果不是两个强壮有力的船夫拉了他一把,他都很难登上那条船。他们划着船向一个小岛驶去,一个无聊的小岛,波洛那时甚至希望自己没有来。他的双脚又湿又冷,冷风从雨衣的缝隙灌进来。在这样一个遍地石头、树木稀疏的小岛,能有什么样的美景,什么样壮美、对称的自然奇观呢?失误——来这里太失误了。

他们在一个小码头登陆。渔夫又熟练地把他架下小船。其他人走在前面,边走边笑。波洛整理了一下雨衣,重新把鞋子系紧,跟上他们沿着小路向前走去,路旁有灌木、矮树,还有疏松的树木。一个非常没意思的花园,他想。

然后,他们突然从灌木林中走了出来,站在了一个平台上,有台阶直通底部。他举目望去,堪称奇迹的景象马上映入眼帘。那浑然天成的景色看不出是人工苦力建造出来的,就像爱尔兰诗歌中常常出现的精灵从山谷中飞出来，轻轻一挥魔杖，一座园林就展现在人们的眼前。站在平台鸟瞰下面的花园，鲜花环绕，灌木丛生，喷泉下人工泉水静静流淌，幽静的小路迂回其中，各种景致都让人沉醉，美妙的布局完全出人意料。他想知道这里原来是什么样子的，布局如此对称，不太可能是一个采石场。花园处于小岛的一个凹陷处，但是越过花园可以看到远处海湾的海水，还有另一边环绕的山峦，烟雾缭绕的山顶同样引人入胜。他觉得也许就是这个特别的花园激起了卢埃林－史密斯夫人想要拥有如此一座园林的愿望，因此她兴致勃勃地买下了地处英格兰一隅的一个整洁朴素且传统的乡村里的一个乱糟糟的采石场。

然后她付高薪到处寻找可以执行她的设想的人。于是她找到了精于园艺的年轻人迈克尔·加菲尔德。她把他带到这里，无疑付了很高的薪水，并且给他建了一所房子。迈克尔·加菲尔德，波洛想道，没有让她失望。

他走过去坐在一张长椅上，这张长椅放得很巧妙。他坐在那儿，心里描绘着地下花园在春天时候的美景：还没长大的山毛榉和桦树银色的树皮在日光下闪耀，带刺的矮树林、白色的玫瑰花，还有小刺柏错落交织在一起。但是现在是秋天，而秋天这里的风景同样宜人。有金红色的槭树，一两株银缕梅，一条弯曲的小径通向令人愉悦的景致。那边绽放着一丛丛荆豆，也许是西班牙金雀花——波洛并不精通花草的名称，他只能认出玫瑰和郁金香。

这里的所有植物都像是自由生长的，不是被安排或者约束的。其实，波洛心想，事实并非如此。所有的一切都是精心布置的，小到一株小草，大到挂满金色和黄色树叶、疯狂生长的高大灌木。哦，没错，所有的一切都是安排、计划好了的。更甚者，是完全服从安排者意愿的。

然而他想知道这是服从谁的意愿，卢埃林－史密斯夫人，还是迈克尔·加菲尔德？这有很大的区别，波洛自言自语道，没错，区别很大。他肯定卢埃林－史密斯夫人见多识广。她从事园艺多年，肯定是皇家园艺协会的一员。她参加各种展览，参阅植物目录，参观园林，无疑，还会为了各种植物出国旅行。她一定知道并且说出了自己想要的效果。但是那样够吗？波洛觉得并不够。她肯定曾给园丁下达了各种命令，并保证她的命令得到了执行，但是她知道——真的知道，并能在脑海中预见她的命令被完全实施后的确切效果吗？不是种上植物之后第一年甚至第二年的样子，而是两年后、三年后，甚至六七年之后的效果。波洛猜想，迈克尔·加菲尔德知道她想要的效果，因为她曾告诉过他，他也知道怎样让这片光秃秃、遍地石头的采石场绽放出美丽的花朵，如同沙漠绽满鲜花。他精心设计并把它变成了现实；和所有受到一个有钱的雇主委托的艺术家一样，毫无疑问，他将欣喜若狂。

他心中理想的仙境就隐藏在这片传统而单调的山坡上。这里有斥巨资买来的灌木丛，有只有通过朋友善意赠予才能得到的珍稀植物，同样，也有几乎不用花钱的卑微植物。在他左侧的山坡，春天会开满报春花，他可以从那边那一束束交织在一起的普通绿叶猜测出来。

"在英格兰，"波洛说，"人们向你展示种满草本植物的花坛，带你去看他们种的玫瑰花，大谈特谈他们的鸢尾花花园。还会为了显示他们对英格兰某处美景的热爱，在一个明光明媚的日子带你去参观那里枝叶繁茂的山毛榉，和树下的野风信子。不错，景色确实很美，但是我被带着看过很多次了，太多次了。我更倾向——"回想起当时更喜欢的景色时,他之前的思绪断了。那是某次开车从德文郡经过,行驶在蜿蜒的道路上,道路两旁是宽广的斜坡,上面满满的都是报春花,如同铺了一层地毯。那么浅淡、精巧和羞怯的黄色,散发着甜甜的、微弱的、若有似无的香气,那是只有大片报春花才会散发出的味道,比其他味道更有春天的气息。所以在这儿不仅要有各种稀有的灌木。春秋轮换,既要有属于春天的野生仙客来,也要有秋天绽放的番红花。这是一个美丽的地方。

他想了解石矿府现在的主人的情况,是一位退休的老上校和他的妻子,他只知道他们的名字,但是,斯彭斯可以告诉他更多的情况。他有一种感觉,无论现在石矿府的主人是谁,都不会像已经逝去的卢埃林－史密斯夫人那样对它情有独钟。他站起来沿着小路向前走去。路很好走,路面修得很平整。他想,小路的设计很适合老人走,没有过于陡峭的台阶,在每个合适的拐角或者合适的距离都有一个看起来粗糙、坐上去舒适的座椅。事实上,椅背和脚踏的角度都非常合适。波洛暗自想,我想见见这个迈克尔·加菲尔德。他把这里建得很精致。他了解他的工作,精心设计,然后找来经验丰富的工人实践他的想法,而且,他成功地把他的资助人的想法进行了巧妙的安排,并且让她觉得这一切都是她的计划。但是我觉得这不仅是她的设计,大部分应该来自他。没错,我想见一见他。如果他还住在为自己建的小屋,或者说平房里,我猜——他的思绪突然断了。

波洛凝神盯着前方,盯着小路通向的另一边的凹地,盯着一株枝叶繁茂的灌木金红色的叶子中间,那里有一个轮廓。有一刻波洛不确定到底是不是真的有东西,还是只是光、影和树叶交织出来的错觉。

我看到了什么？波洛想。这是幻想吗？有可能。在这样一个地方很有可能。我看到的是个人吗，或者是——可能是什么呢？他的思绪退回到很多年前的一些历险，他把他们命名为"赫尔克里的考验"。不知怎么的，他认为他所在的并不是一座英格兰的园林。这里有一种氛围，他试图寻找它。它像有魔法一样，迷人心智。当然是美丽、羞怯的魅力，却又有一种野性。如果在这里上演一出戏剧，你会想到仙女、半人半兽的农牧神还有希腊美女，你还会感到恐惧。没错，这个地下花园会令人感到恐惧。斯彭斯的妹妹曾经说过什么？好像是几年前在原来的采石场发生过谋杀？鲜血溅到了那里的石头上，而之后，谋杀案被人们遗忘了，所有的一切都被覆盖。迈克尔·加菲尔德来了，他设计并建造了一个美丽无双的花园，一位时日不多的老太太出资实现了这一切。

现在他看清站在凹地那边的是一个年轻人，被金红色的叶子勾勒出轮廓。那个小伙子具有不同寻常的美貌。现在人们不再这么形容小伙子了。你会说一个小伙子性感或者有着致命的吸引力，这种赞扬似乎也很公正，因为你形容的是粗糙的脸，乱蓬蓬、油乎乎的头发，以及说不上匀称的五官。你不再称赞一个小伙子漂亮。如果你这么说的话，也是带着歉意说的，就好像你称赞的是一个早已不存在的品质。性感的女孩不喜欢弹竖琴的俄耳浦斯，她们喜欢嗓音沙哑、含情脉脉、头发凌乱的流行歌手。

波洛站起来沿着小路走去。等他走到陡峭斜坡的另一面时，年轻人从树丛里钻出来和他打招呼。年轻似乎是他最显著的特点，尽管，波洛看得出，实际上他并不年轻。他已经三十多岁，甚至接近四十岁了。他脸上的微笑特别淡。那并不是一个欢迎的微笑，只是安静的、表示友好的笑容。他个子很高，身材修长，五官如同雕刻家手下的作品一样完美无瑕。眼睛是深色的，乌黑的头发服帖得就像精心编织的锁子甲头盔或帽子。有一瞬间，波洛怀疑他们是不是正身处某个盛典的预演中。如果是那样的话，波洛想着，低头看看自己的橡胶鞋套，我，唉，我是不是应该让服装管理员帮我收拾收拾呢。

波洛说："我是不是私闯禁地了？是的话，我很抱歉，我对这儿还不熟悉，我昨天刚到这里。"

"我觉得称不上私闯。"对方说话的声音很平静，很有礼貌，却淡漠得让人吃惊，就好像这个人的思绪其实在很远的地方，"这里并没有明确对外开放，但是人们经常在附近散步。韦斯顿老上校和他的妻子并不介意。他们只介意是不是哪里损坏了，但是其实不怎么可能。"

"没有人恶意破坏，"波洛看了看周围说，"看不到垃圾，连个小篮子也没有。这很不寻常，不是吗？而且像被废弃了一样——很奇怪。在这里你会想，"他接着说，"会有很多情侣来散步。"

"情侣们不来这里，"年轻人说，"出于一些原因，人们觉得这儿不吉利。"

"你是……我猜，是花园的建筑师吗？也许我猜错了。"

"我是迈克尔·加菲尔德。"年轻人说。

"我猜就是。"波洛说，用手指着周围问道，"这都是您建的？"

"是的。"迈克尔·加菲尔德说。

"很漂亮。"波洛说，"不知怎么，人们会觉得把如此美景建在——呃，坦白讲，风景如此单调的英格兰一隅，真是不同寻常。恭喜您，您肯定对您成就的这一切感到满意。"

"人真的会满足吗？我不知道。"

"这座花园，您是为卢埃林－史密斯夫人建的吧。我听说她已经去世了。现在住在这里的是一位上校和他的妻子，是吗？他们现在是花园的主人吗？"

"是的。他们用很低的价格买到手的，一幢庞大、毫无收益的房子——不容易运转——并不是大多数人所需要的。她在遗嘱中把它留给了我。"

"你把它卖了。"

"我把房子卖了。"

"没卖石矿花园？"

"哦，卖了，跟房子一起，实际上是白送的，像人们说的那样。"

"为什么呢？"波洛问，"这很有趣，白送。我有一些好奇，您不介意吧？"

"您的问题都不太寻常。"迈克尔·加菲尔德说。

"我对原因的追问多于事实。甲为什么这么做？乙为什么做这些？丁的行为为什么和甲乙完全不一样？"

"您应该和科学家谈谈，"迈克尔说，"那是由——如今人们都这么说——基因和染色体决定的。它们的排列和布局，等等。"

"您刚才说您并不完全满意，因为没有人会真正满足。那么您的雇主，您的赞助人——不管您怎么称呼她——她满意吗？对这个美丽的花园？"

"在一定程度上是满意的，"迈克尔说，"我特别注意过这一点。她也很容易满足。"

"这似乎不可能。"赫尔克里·波洛说，"她应该，据我了解，六十多岁了。至少六十五岁。这个年纪的人会很容易满足吗？"

"我向她保证我会严格按照她的指示、设想和观点实施。"

"事实是这样的吗？"

"您是很认真地问我这个问题吗？"

"不，"波洛说，"不，坦白说，我不是。"

"为了取得成功，"迈克尔·加菲尔德说，"一个人必须追求他想要的事业，满足他所中意的艺术风格，同时他还要做一个商人。你得把你的理念卖出去，否则你就必须按照别人的主意做事，而那往往和你自己的目标不一致。我实施的大多是我自己的理念，然后我把它们卖给——说得好听点就是推销给我的雇主，就说是直接实施她的计划和蓝图的效果。这个技能并不难学，就像卖给一个孩子棕色鸡蛋而不是白色鸡蛋一样。你必须向顾客保证这是最好的鸡蛋，最好的选择，是乡村的精品。我们能说这是母鸡自己的偏好吗？棕色的乡下养鸡场的鸡蛋而已。但是如果只说'就是鸡蛋而已'，那他很难把鸡蛋卖出去。其实鸡蛋只有一个区别，是新下的还是以前的。"

"你真是个不同寻常的年轻人，傲慢。"波洛若有所思地说。

"也许吧。"

"你把这里建得很美。因为追求工业利益，这些石材被开采一空，毫不顾忌环境的美感。而你通过想象，预见到了最终的效果，并且成功筹集到了钱来实现这一切。祝贺你。我献上我的敬意，一个工作即将走到尽头的老人的敬意。"

"但是现在您还在继续工作？"

"这么说你知道我是谁？"

毫无疑问，波洛感到很高兴。他希望人们都认识他。如今，他恐怕大多数人都不知道他是谁了。

"您追寻血迹而来……这在这里众所周知。这是个很小的社区，消息传播得很快。是另一位知名人士把您带过来的。"

"啊，你是说奥利弗夫人。"

"阿里阿德涅·奥利弗。一位畅销书作家。人们希望采访她，询问她关于学生骚乱、社会主义、女孩的着装、性解放等很多和她毫无关系的话题的看法。"

"对，对，"波洛说，"糟糕透了，我觉得。他们没从奥利弗夫人身上学到什么，我注意到他们只知道她喜欢吃苹果。我记得她已经说了二十多年，但每次都还是面带微笑地重复。尽管现在，我恐怕她再也不喜欢苹果了。"

"是苹果把您带来的，不是吗？"

"万圣节前夜晚会上的苹果。"波洛说，"你当时在晚会上吗？"

"不在。"

"你很幸运。"

"幸运？"迈克尔·加菲尔德重复着这个词，他的口气听起来似乎有些许惊讶。

"出席发生了谋杀案的晚会并不是愉快的经历。也许你没经历过，但是我告诉你，你很幸运，因为——"波洛用法语说道，"总有麻烦找上你，你懂吗？人们不停地问你时间、日期等无理的问题。"他接着问，"你认识那个孩子吗？"

"哦，认识。雷诺兹一家在这儿很有名。我认识附近的大部分人。伍德利社区的人都彼此认识，只是熟悉程度不同。有些比较亲密，有些是朋友，还有一些只是点头之交。"

"这个叫乔伊斯的孩子怎么样？"

"她——怎么形容呢——无足轻重。她的声音很难听，很尖锐。真的，这是我对她的全部印象。我不是很喜欢孩子，大多数孩子让我厌烦,乔伊斯就是一个。她一开口说话,话题就只围绕着她自己转。"

"她不让人感兴趣吗?"

迈克尔·加菲尔德看起来稍微有点惊讶。

"我觉得不,"他说,"她应该让人感兴趣吗?"

"我的观点是:缺乏关注的人一般不太可能成为谋杀对象。谋杀一般是因为利益、恐惧或者爱情。每个人有他的选择,但是每个人都必须有一个出发点——"

波洛停下来,看了看手表。

"我得走了。我得去赴约。再一次祝贺你。"

他继续走下去,沿着小路谨慎地走着,他一度很庆幸没有穿一双黑漆皮鞋。

迈克尔·加菲尔德并不是他今天在地下花园里见到的唯一的人。当他走到斜坡尽头的时候,他注意到面前有三条通向不同方向的小路,中间那条路上有一个孩子,坐在一截倒下的枯木上等他。那孩子很快便证实了他的猜测。

"我希望您就是赫尔克里·波洛先生,对吗?"她说。

她的声音很清晰,语调像银铃一样。她是个相貌精致的小家伙,身上的有些东西和地下花园很相配,像一个小树妖或者小精灵。

"我是。"波洛说。

"我来接您,"孩子说,"您要来和我们一起喝茶的,对吗?"

"跟巴特勒夫人和奥利弗夫人?是的。"

"对,那是我妈妈和阿里阿德涅阿姨。"她有些责备地补充道,"您迟到了很久。"

"很抱歉,我停下来和一个人聊了会儿。"

"是的,我看见您了。您在和迈克尔说话,对吧?"

"你认识他?"

"当然。我们在这儿住了很久了,每个人我都认识。"

波洛想知道她多大了。他问她。她回答说:"我十二岁了,明年就要去寄宿学校了。"

"那你是难过还是高兴呢?"

"我得到了那儿才知道。我觉得我不是特别喜欢这里,不像以前那么喜欢了。"她补充道,"我想您最好现在就跟我来。"

"当然,当然。很抱歉我迟到了。"

"哦,没关系。"

"你叫什么名字?"

"米兰达。"

"很适合你。"波洛说。

"您是想到了莎士比亚吗?"

"是的,你在学校学过吗?"

"学过,埃姆林小姐给我们读过一些。我又让妈妈多给我读了些。我很喜欢。听起来很美妙。一个美丽新世界。现实中并没有那样的世界,是吗?"

"你不相信有吗?"

"您信吗?"

"总是存在一个美丽新世界,"波洛说,"但只是,你知道,为特殊的人存在——幸运的人们,那些在自己心里创造出美丽新世界的人。"

"哦,我懂了。"米兰达说,似乎轻而易举就明白了,但是波洛很好奇她懂了什么。

她转过身,边走边对他说:"咱们走这条路,不太远。你可以从我家花园的篱笆钻过去。"

然后她扭过头,指着不远处说:"在那儿中间,以前有座喷泉。"

"喷泉?"

"哦,几年以前。我猜它还在那儿,在灌木丛、杜鹃花还有那些东西下面。都碎了,您知道。人们把碎块移走了,但是没有人拿新的过来。"

"很遗憾。"

"我不明白为什么没人管。您很喜欢喷泉吗?"

"看情况。"波洛用法语说。

"我知道一点法语,"米兰达说,"那是看情况的意思,对吗?"

"你说得很对。你看起来受了很好的教育。"

"所有人都说埃姆林小姐是位好老师。她是我们的校长。她非常严格,甚至有点严厉,但是她给我们讲的东西都特别有意思。"

"那么她肯定是位好老师。"赫尔克里·波洛说,"你很熟悉这个地方——好像每条路都认识。你经常来这儿吗?"

"哦,是的,我最喜欢来这里散步。我在这儿的时候没有人知道我在哪儿,您知道,我坐在树林里——树枝上,看着四周。我喜欢那样,看着事情发生。"

"什么样的事情?"

"大多时候是看小鸟和松鼠。小鸟有时候很爱吵架,不是吗?不像诗里说的那样'小鸟在小小的鸟巢里相亲相爱'。其实它们不是,对吧?我还观察松鼠。"

"那你观察人吗?"

"有时候。但是这里很少有人来。"

"为什么不来呢?我觉得这很奇怪。"

"我猜他们是害怕。"

"他们为什么害怕?"

"因为很久以前有个人在这里被杀了。我是说,在这儿变成花园之前。它曾经是座采石场,有一个砾石坑或者沙坑,人们就在那儿发现了她的尸体。在那里面。您认为那个古老的说法是真的吗——关于有人生来就注定要被绞死或者溺死?"

"现在没有人生来注定要被绞死,这个国家现在没有绞刑了。"

"但是别的国家还会绞死人。他们把人悬挂在大街上。我从报纸上看到过。"

"啊。你觉得那是件好事还是坏事?"

严格来说米兰达所答非所问,但是波洛觉得她很想回答。

"乔伊斯淹死了,"她说,"妈妈不想告诉我。那很笨,我觉得,您觉得呢?我是说,我都十二岁了。"

"你和乔伊斯是朋友吗?"

"是的,在某种程度上她是个很好的朋友。她有时候给我讲很有意思的故事。关于大象还有王公什么的。她去过印度。我希望我也能去,我和乔伊斯过去经常分享彼此的秘密,我不像妈妈有那么多东西能讲。妈妈去过希腊,您知道。她就是在那儿认识阿里阿德涅阿姨的,但是她不带我去。"

"谁告诉你乔伊斯的事的?"

"佩林夫人,我们的厨师。她和来打扫的明登夫人谈论来着。有人把她的头摁进了一桶水里。"

"你对凶手是谁有什么想法吗?"

"没有。她们好像也不知道，但是她们真的太笨了。"

"那你知道吗，米兰达？"

"我不在那儿。我嗓子疼，还有点发烧，所以妈妈不让我去参加晚会。但是我想我应该知道。因为她是被淹死的。这也是为什么我问您有些人是不是生来注定就要被淹死。咱们从篱笆这边钻过去。小心您的衣服。"

波洛紧跟在她身后。石矿花园篱笆墙上的出口更适合他这位身材像小精灵一样纤细的小向导——那对她来说简直是一条宽阔的大路。但她还是很贴心地提醒波洛，小心旁边的灌木，并且替他拉开篱笆上多刺的枝条。他们从一堆混合肥旁边钻了出来，在一个废弃的黄瓜架后面拐了个弯，那里立着两个垃圾桶。从那里开始就是一个整洁的小花园，里面种的大多是玫瑰，一条宽宽的路通向一栋小平房。米兰达领着他从一扇打开的落地窗进去，像一位收藏家刚刚保护好一个稀有的甲虫标本一样骄傲地宣布："我把他平安带来啦。"

"米兰达，你带他钻篱笆过来的，对吗？你应该带他走大路从侧门进来。"

"这条路更好，"米兰达说，"又近又快。"

"我想也更难走。"

"我忘了，"奥利弗夫人说，"我给你介绍过了吗，我的朋友巴特勒夫人？"

"当然，在邮局的时候。"

所说的介绍实际上只是在邮局柜台前排队的时候一起待了一小会儿。现在波洛可以更好地近距离观察奥利弗夫人的朋友了。之前他的印象只局限于一个穿着雨衣、裹着头巾的苗条女人。朱迪思·巴特勒大概三十五岁，如果说她的女儿是森林女神或者树仙，朱迪思则更有水中精灵的特质，她可能是一位莱茵河女神。金黄色的长发柔顺地垂在她的肩头，面容精致，长脸蛋儿，微微凹陷的双颊，长长的睫毛下闪烁着一双海绿色的大眼睛。

"我很高兴能当面向您道谢，波洛先生。"巴特勒夫人说，"阿里阿德涅请您来，您就屈尊过来了，您真是太好了。"

"我的朋友奥利弗夫人让我做什么，上刀山下火海我也去。"波洛说。

"油嘴滑舌。"奥利弗夫人说。

"她确信，非常确信您一定会查出这一桩残忍案件的真相。米兰达，亲爱的，你能去一趟厨房吗？把烤箱上面金属托盘里的烤饼端过来。"

米兰达很快就不见了。临走之前她对妈妈露出一个了然的微笑，好像在说"她要把我支开呢"。

"我不想让她知道，"米兰达的妈妈说，"关于这，这件恐怖的事。但是从一开始就希望渺茫。"

"是的，确实，"波洛说。"在居民区，没什么比灾难，特别是让人不愉快的灾祸传播得更快的了。无论如何，"他补充道，"没人能两耳不闻窗外事地生活一辈子。孩子似乎在这方面更敏感。"

"我忘了是斯彭斯还是沃尔特·斯科特爵士说过：'你们中有个小伙子在做记录。'"奥利弗夫人说，"但是他肯定知道他指的是什么。"

"乔伊斯·雷诺兹似乎真的看见了一桩谋杀案，"巴特勒夫人说，"虽然这很难让人们相信。"

"相信乔伊斯曾经见过？"

"我是说如果她真的见过这样的事，她怎么以前从没说过？"

那不像乔伊斯的风格。"

"这里所有人告诉我的第一件事，"波洛温和地说，"都是这个女孩，乔伊斯·雷诺兹，总是撒谎。"

"我猜有可能是，"朱迪思·巴特勒夫人说，"一个孩子编了一个故事，而恰巧那是真的。"

"这正是我们的出发点。"波洛说，"毫无疑问，乔伊斯·雷诺兹被谋杀了。"

"你已经开始调查了，也许你已经知道来龙去脉了。"奥利弗夫人说。

"夫人，请不要问我不可能的事。你总是太心急了。"

"为什么不呢？"奥利弗夫人说，"现在的社会，如果不加紧催着的话，很多人什么事都干不成。"

这时米兰达端着一盘烤饼回来了。

"我把这些放在这里行吗？"她问，"我希望你们已经谈完了，或者你还需要我从厨房拿些别的什么？"

她的语气稍微有些抱怨。巴特勒夫人把乔治亚式的银茶壶放在壁炉的围栏上，打开电水壶的开关，水一开就马上关上了，然后立即把水倒进茶壶里，给大家斟上茶。米兰达把热腾腾的烤饼和黄瓜三明治分给大家，举止既庄重又优雅。

"我和阿里阿德涅是在希腊认识的。"朱迪思说。

"我掉进了海里，"奥利弗夫人说，"那时我们正从一个小岛上回来。海浪很大，水手们总在船漂离海岸最远的时候喊'跳啊'，当然这是对的，但是你总觉得那不太可能，所以你犹犹豫豫，当你终于鼓起勇气，在看起来离海岸很近的时候跳了下去，当然在那瞬间，船又荡远了。"她停下来喘了口气，"朱迪思把我从海里捞了出来，这也让我们结下了不解之缘，不是吗？"

"是的,确实。"巴特勒夫人说,"还有,我喜欢你的教名,"她补充道,"不知怎的,我感觉特别适合你。"

"是的,我猜那是个希腊名字。"奥利弗夫人说,"那就是我的本名,而不是我自己取的笔名。但是我从来没碰到过发生在阿里阿德涅身上那样的事。我从没被我最爱的人丢弃在一个希腊小岛上①。"

波洛抬起手摸着胡子以掩饰他情不自禁的微笑。一想到奥利弗夫人成为一个被抛弃的希腊少女的样子,他就忍不住笑了出来。

"我们不可能都按我们名字所取的那样活着。"

"对,的确。我想象不到你把情人的头砍下来的样子。我是指,朱迪思和荷罗孚尼,他们之间是这样的,对吗?"

"那是她爱国的表现,"巴特勒夫人说,"如果我没记错的话,她因此赢得了很多赞扬和奖赏。"

"我不是很清楚朱迪思和荷罗孚尼的故事。是《新约外传》里写的吗②?但是,如果仔细想的话,人们会给其他人——我是指他们的孩子,取一些很奇怪的名字,是吧?把钉子钉进一个人脑袋里的是谁来着?雅亿或者西西拉。我永远都分不清这两个名字哪个是男人哪个是女人。雅亿,我想。我想不出来哪个孩子的

---

① 阿里阿德涅(Ariadne),古希腊神话中克里特岛国王米诺斯的女儿。因帮助雅典王子忒修斯杀死牛头人身的怪物米诺陶而相爱。后命运女神梦谕忒修斯,他们的爱情不被祝福,他们的结合只能带来厄运,于是忒修斯将熟睡中的阿里阿德涅独自留在了纳克索斯岛上,自己驾船离开了。
② 应出自《旧约全书·犹滴传》。犹滴,又译朱迪思,犹太美貌寡妇。当犹太民族遭遇敌军围困时,朱迪思依靠上帝的帮助,用美人计刺杀敌军首领荷罗孚尼,割下他的首级,顺利拯救全民族。

教名是雅亿①。"

"她把一只盛着黄油的贵重盘子放在他面前。"米兰达正要撤走茶盘,突然停下来开口说道。

"别看我,"朱迪思·巴特勒夫人对她的朋友说,"我没引导米兰达读《新约外传》。那是她学校里的课程。"

"这在现在的学校里很不寻常,不是吗?"奥利弗夫人说,"现在他们已经转为教伦理知识了。"

"埃姆林小姐不一样,"米兰达说,"她说现在我们去教堂听到的都是现代版本的《圣经》里的故事和训诫,那些已经没什么文学价值了。我们至少应该了解钦定版本里那些优美的散文和无韵诗。我很喜欢雅亿和西西拉的故事。"她补充道,"我永远也不会,"她一脸沉思地说,"想到自己去做那么一件事。我是指,趁一个人睡觉的时候,把钉子钉进的他脑袋里。"

"我也不想那样做。"她的妈妈说。

"那么你会怎么处置你的敌人呢,米兰达?"波洛问。

"我会很仁慈,"米兰达一边沉思一边温和地说,"这样很难,但我还是宁愿那样,因为我不喜欢伤害。我会用一种能让人们安乐死的药,他们会睡着,做一个美梦,只是不会再醒来。"她拿起一些茶杯和盛面包、黄油的碟子,"我去洗碗,妈妈,"她说,"如果你愿意,可以带波洛先生去花园看看,有些伊丽莎白女王玫瑰还开着,在花坛后面呢。"

她小心翼翼地端着茶盘走了出去。

"米兰达真是个让人惊奇的孩子。"奥利弗夫人说。

---

①出自《圣经》。以色列女士师底波拉召来巴拉率领一万人迎战迦南王耶宾的军长西西拉,西西拉战败,逃到雅亿的帐篷,向雅亿讨水喝。雅亿为示热情,降低他的警觉,用自己的奶来款待他。当他睡着了,雅亿悄悄地到他旁边,用锤子将帐篷的橛子钉进他的鬓角,将他杀死。

"您有一个非常美丽的女儿,夫人。"波洛说。

"是的,她现在很漂亮。但是不知道长大了会是什么样子。小孩子有时候会有婴儿肥,看起来像一只喂饱了的小肥猪。但是现在——现在她看起来像一个小树精。"

"她肯定特别喜欢您家附近的石矿花园吧。"

"我有时候真希望她没那么喜欢那里。在一个被孤立的地方闲逛太让人紧张了,即使离人群和村庄很近也不行。人们——哦,现在人们每时每刻都提心吊胆的。这也是为什么您必须查清乔伊斯身上为什么发生了这么可怕的事,波洛先生。因为不知道谁是凶手,我们一分钟也不得安宁——我是指,为了我们的孩子。阿里阿德涅,你先带波洛先生去花园好吗?我稍后去找你们。"

她拿着剩下的两个杯子和一个盘子去了厨房。波洛和奥利弗夫人从落地长窗走了出去。这个小花园和大多数秋天的花园一样,残留着几株一枝黄和紫菀,一些伊丽莎白女王玫瑰高昂着优美得如同雕像的粉色花盘。奥利弗夫人快步走到一个石椅旁,坐下去,然后示意波洛坐在她旁边。

"你说你觉得米兰达像一个小树精,"她说,"那你觉得朱迪思呢,她像什么?"

"我觉得朱迪思应该叫乌狄妮。"波洛说。

"一个水中女神,没错,她看起来就像刚从莱茵河、大海或者池塘之类的地方出来的。她的头发总像是刚在水里浸湿一般,但是一点也不显得凌乱或者疯狂,是吧?"

"同样,她也是个非常迷人的女人。"波洛说。

"你觉得她怎么样?"

"我还没来得及想呢。我只觉得她漂亮、有魅力,而且好像有什么事让她非常担心。"

"好吧,当然,不应该担心吗?"

"我想知道,夫人,你对她的了解和看法。"

"我是在旅行途中跟她认识并熟悉的。你知道,旅途中交到的非常亲密的朋友一般只有一两个,其他的,也许会喜欢彼此,但是你不会费事再去看他们。只会有一两个让你破例。好吧,朱迪思就是我想再见面的少数人中的一个。"

"在那之前你不认识她?"

"是的。"

"那你了解她的情况吗?"

"呃,就是些平常的事。她是个寡妇,"奥利弗夫人说,"她的丈夫很多年前就去世了——他是个飞行员,在一次交通事故中丧生。汽车连环相撞事件,我记得是这样的,一天晚上从高速下到普通公路的时候撞上了之类的。他没给她留下什么财产,我猜。这件事让她非常伤心,她不喜欢提起他。"

"她只有米兰达这一个孩子吗?"

"对,朱迪思在附近做些文秘类的兼职,但她没有正式工作。"

"她认识住在石矿府的人吗?"

"你是说老上校和韦斯顿夫人?"

"我是指前房主,卢埃林-史密斯夫人,是她吧?"

"我想是。我听人提过这个名字。但是她两三年前就死了,人们就很少谈起她了。还活着的这些人对你来说还不够吗?"奥利弗夫人有些愤怒地责问道。

"当然不够,"波洛说,"我们还得调查这里死去和失踪的人。"

"谁失踪了?"

"一个互换生女孩。"波洛说。

"哦,好吧,"奥利弗夫人说,"她们经常失踪,不是吗?我是说,她们从别的地方来到这里,拿着发给她们的工资,然后直接去医院,因为怀孕了。她们生下孩子,给他们起名叫奥古斯特、汉斯或者鲍里斯这类的。她们来这儿是为了跟某个人结婚,或者是追随和她相爱的某个年轻人而来。你不会相信朋友们跟我讲过的那些事!那些互换生女孩,她们要不就是上天给那些不堪重负的妈妈的礼物,让你永远不想和她们分开,要不就偷袜子,或者被杀了——"她停下来,"哦!"她说。

"冷静点,夫人,"波洛说,"现在没有理由认为有个互换生女孩被谋杀了,很可能正好相反。"

"你说正好相反是什么意思?这没道理。"

"也许没有。都一样——"

他拿出笔记本,在上面写下一句话。

"你在上面写了些什么?"

"发生在过去的一些事。"

"你好像总是纠结过去那些事。"

"没有过去就没有现在。"波洛简洁地说。

他把笔记本递给她。

"想看看我写的是什么吗?"

"当然想。我敢说我对那些东西不感兴趣。你觉得很重要需要写下来的,我总感觉无关紧要。"

波洛举起黑色的小笔记本。

"死亡名单:卢埃林-史密斯夫人(有钱),珍妮特·怀特(学校老师),律师事务所员工——被刀砍死,有伪造前科。"

下面写着"呼唤声女孩失踪"。

"什么呼唤声女孩?"

"我朋友,斯彭斯的妹妹,这么称呼她,她指的就是咱们说的互换生女孩。"

"她为什么会失踪呢?"

"因为她很可能卷进了一些法律纠纷中。"

波洛的手指移到下一行。那里只写了两个字——"伪造",后面还画着两个问号。

"伪造?"奥利弗夫人说,"为什么要伪造?"

"我也想问。为什么要伪造?"

"伪造什么了?"

"一份遗嘱,或者可以说是遗嘱的补遗条款。一条对互换生女孩有利的补遗。"

"她对死者施加了不当压力?"奥利弗夫人提示道。

"伪造要比施加不当压力严重很多。"波洛说。

"我看不出来这些和可怜的乔伊斯被杀有什么联系。"

"我也是,"波洛说,"但是,这样才更有意思。"

"下面这个词是什么,我看不清。"

"大象。"

"这和哪件事都没关系吧。"

"可能有,"波洛说,"相信我,可能会有关系。"

他站起来。

"我必须走了,"他说,"请替我对女主人说抱歉,原谅我不辞而别。我很高兴能见到她和她美丽而特别的女儿。告诉她,照顾好那个孩子。"

"'妈妈天天对我说,不要和朋友在树林里玩耍。'"奥利弗夫人引用道,"好吧,再见。如果你喜欢这么神秘,你就继续神秘吧。你甚至都没说你下一步要做什么。"

"我明天上午约好了要去曼彻斯特的富勒顿、哈里森和莱德贝特事务所。"

"去干什么?"

"讨论伪造的事。"

"然后呢?"

"去和当时在现场的几个人谈谈。"

"晚会上的?"

"不是,在晚会准备过程中的人。"

第十二章

富勒顿、哈里森和莱德贝特事务所的房屋是典型的享有盛誉的老式公司的样式。时间在不知不觉中流逝,这里已经没有哈里森,也没有莱德贝特了,现在是一位阿特金森先生和一位年轻的科尔先生。杰里米·富勒顿先生还健在,他是事务所的主要合伙人。

富勒顿先生是一位清瘦的老人,他面无表情,声音冰冷严肃,眼睛出奇地敏锐。他的手静静地放在一张信纸上面,他刚刚读过信纸上那几行字。他又一次读起来,仔细思量每个词的准确意思。然后他抬起头,看着信纸上引荐的这个人。

"赫尔克里·波洛先生?"富勒顿先生对这个客人做出了自己的评判。一位老人,外国人,衣冠楚楚,脚上的黑漆皮鞋并不合适,富勒顿先生敏锐地猜测,对他来说太紧了,他的眼角已经不自觉地显示出他的疼痛。一个注重打扮、衣着讲究的外国人,而把他引荐来的人竟然是刑侦调查局的亨利·拉格伦督察,还有退休的伦敦警察厅的斯彭斯警司为他担保。

"斯彭斯警司,是吗?"富勒顿先生说。

富勒顿先生知道斯彭斯,他在职期间表现非常出色,上司对他评价很高。富勒顿先生脑海中闪过一些模糊的记忆。那是一个非常著名的案子,实际上比它本身的名声还要有名很多,一个看起来已经结案的案子。当然！他突然想起来他的侄子罗伯特跟这件案子有关，他那时是初级律师。凶手是个精神有问题的人，而且似乎并没有费力去为自己辩护，你会认为那个人想被处以绞刑（那时绞刑还没被废除）。不是十五年的监禁或者无期徒刑，不是。杀人偿命——很遗憾现在废除绞刑了，富勒顿先生在他冷静的头脑里这样想。现在年轻的暴徒认为他们把殴打变成杀人所承担的风险并不大。即使那个人死了，也没有人指证你。

斯彭斯当时主管那个案子，他平静而倔强地坚持说他们抓错了人。而他们确实错了，帮助他们回到正途的是一个外国人，一个比利时警察局的退休侦探。肯定一把年纪了。那么现在——高龄，应该是，富勒顿先生想道，而同样，他本人也到了要小心翼翼的阶段了。信息，这是对方来找他的目的。毕竟介绍信上写的不会有错，可他看不出来他有什么对这件特殊的案子有用的信息。一桩儿童被害案。

富勒顿先生对这个案子的凶手是谁有非常敏锐的想法，但他也不敢确定，因为最少有三个嫌疑人。那三个游手好闲的年轻人谁都有可能是凶手。他在心里想着措辞。智力低下。心理报告。毫无疑问，这就是案件的结局。尽管如此，在一个晚会上淹死一个孩子，这跟以往那些数不胜数的案例不是同一类型。那些孩子放学后不回家，而是搭乘陌生人的车，尽管他们被警告了很多次不要么做，之后在附近的杂树林或者砾石坑里发现他们的尸体。提起砾石坑，那是什么时候的事？很多很多年前了。

想这些花了四分钟时间，然后富勒顿先生有些气喘地清了清嗓子，接着开口说话了。

"赫尔克里·波洛先生，"他再一次说道，"我能为您做些什么呢？我猜是关于那个小女孩，乔伊斯·雷诺兹的。残忍，太残忍了。我不明白我哪里能帮到您。我对此知之甚少。"

"但您是——我听说,是德雷克家族的法律顾问?"

"哦,对,对。雨果·德雷克,可怜的家伙。一位很好的伙伴。从他们买了苹果林搬来这里住我就认识他们,很多年了。脊髓灰质炎——有一年他在国外度假的时候得的。沉重的精神打击,当然,他的健康也受损严重。对一个一生热爱运动的人,一个热爱比赛的运动员来说,非常可悲。是的,知道你一生都要跛着太可悲了。"

"您也负责处理卢埃林-史密斯夫人的法律事务,对吧。"

"他的姑妈,没错。一个了不起的女人。她是在身体垮了之后搬来这里的,离侄子侄媳更近一些。花大价钱买了那栋华而不实的石矿府,实际它值不了那么多钱——但是她从来不愁钱。她非常富有。她本可以找一栋更好的房子,却被石矿本身吸引了。找了一位园艺师改造它。那个人在园艺业一定很有名。是个留着长头发、英俊潇洒的小伙子,而且能力出众。石矿花园的工程为他赢得了赞誉,《家居与园艺》等杂志都用它作了插图。是的,卢埃林-史密斯夫人很会挑选人才,不光是在这位英俊的年轻人这件事上。有些老女人在这方面很愚钝,但她有头脑还有能力。我扯得太远了。卢埃林-史密斯夫人两年前就去世了。"

"非常突然。"

富勒顿先生警觉地看着波洛。

"好吧,不,我不这么觉得。她有心脏病,医生们试图劝她少干点活,可她听不进劝。她不是疑病症那种类型的老人。"他咳嗽了一声然后说,"我觉得咱们偏离你来找我的主题了吧。"

"也不见得,"波洛说,"我还希望,如果您允许的话,问几个关于另一件完全不同的事的问题。关于您的一个雇员莱斯利·费里尔的一些情况。"

富勒顿先生看起来有些吃惊。"莱斯利·费里尔?"他说,"莱斯利·费里尔。让我想想。您知道,我几乎都快忘了这个名字了。是的,是的。被人用刀砍死的,是吗?"

"我说的就是这个人。"

"好吧,我觉得我告诉不了您太多关于他的情况。那是好几年前了。一天晚上在绿天鹅旅店附近有人拿刀砍死了他。没有抓到凶手。我敢说警察大概知道谁是凶手,主要是因为……我觉得没有证据。"

"杀人动机是因为感情吗?"波洛问。

"哦,是的,我觉得肯定是。嫉妒,你知道。他跟一个已婚女人混在一起。她的丈夫开了家旅店,伍德利社区的绿天鹅旅店。是个挺不起眼的地方。后来莱斯利好像跟另一个年轻女孩在一起了——据说还不止一个。他是个挺会招惹女孩的人。曾经有过一两次麻烦。"

"他作为您的雇员的表现让您满意吗?"

"我只能说差强人意。他有自己的优点。他很擅长接待客户,在学徒期间也很好学。如果他再多放点精力在工作上,行为检点一些就好了。他总是跟一个又一个女孩鬼混,而以我的老眼光来看,她们大多配不上他。有天晚上绿天鹅旅店发生了争执,接着莱斯利就在回家的路上被刀砍死了。"

"您认为嫌疑人是那些女孩中的一个,还是绿天鹅旅店的女主人呢?"

"实际上,警方并没有找到确凿的证据。他们认为这桩谋杀是出于嫉妒,但是——"他耸了耸肩膀。

"但是您也不确定?"

"哦，这种事经常发生。"富勒顿先生说，"'黄蜂尾后针，最毒妇人心'，法庭上经常引用这句话，有时候确实是这样。"

"但是我能看出您对这件案子并不这么认为。"

"好吧，我希望能有更多的证据，警方也是。我记得检察官没有受理这个案子。"

"有可能是完全不同的情况？"

"对。我们可以提出好几种推论。小莱斯利的性格并不稳定。他家境很好，有个好母亲，是个寡妇。父亲不怎么正经，好几次都险些陷入困境，他的妻子太倒霉了。我们这位年轻人在某些方面很像他的父亲。有一两次他和一群可疑人员混在一起，我替他担保。他还很年轻。我警告他别和那些团伙混在一起，别做一些违法的伪造交易。他还年轻，也很能干，我给过他一两次警告，希望能有效。但是现在社会风气太腐败了，过去十年一直在恶化。"

"您认为，有人把他拉下水了？"

"很有可能。这些团体——夸张一些说叫帮派——当你和他们搅和在一起的时候你得冒一定的风险。一旦你有想要脱离他们的意思，有人马上会捅你一刀，这并不少见。"

"案发时没人看见吗？"

"没有，没人看见。当然，他们也不会让人看见。凶手作案之前肯定已经把一切都安排好了。做好了不在场证明，等等。"

"但也有可能有人看见了。很不可能的人，比如，一个孩子。"

"深夜？在绿天鹅旅店附近？不太可能，波洛先生。"

"一个孩子，"波洛坚持说，"她可能记得。她正从朋友家回来，在回家的某条近路上，也许。她可能在一条小路上或者透过篱笆看到了一些东西。"

"真的,波洛先生,这都是您的想象。您说的这些我觉得根本不可能。"

"可我觉得并不是那么不可能,"波洛说,"孩子们确实会看到一些事。他们经常——您知道,出现在出人意料的地方。"

"但是他们回家后肯定会说看见了什么吧?"

"也可能不会。"波洛说,"您知道,他们可能并不确定看到的是什么,尤其是看到的东西让他们有些害怕的时候。孩子们并不总是一回家就报告在路上看见了一场车祸,或者看到了暴力事件等,他们把自己的秘密隐藏得很好。守口如瓶,只自己去思考。有时候他们享受拥有一个只有自己知道的秘密的感觉。"

"他们会告诉母亲。"富勒顿先生说。

"这一点我觉得不一定,"波洛说,"以我的经验来看,孩子不告诉母亲的例子也数不胜数。"

"能告诉我莱斯利的案子为什么让您这么感兴趣吗?一个年轻人因暴力而死的可悲案例,这种情况在现今社会太多了。"

"我对他并不了解。但是我希望能了解一些他的情况,因为他是近几年被杀的。这一点对我来说可能很重要。"

"您知道,波洛先生,"富勒顿先生有些尖刻地说,"我实在弄不明白您为什么来找我,也不明白您到底对什么感兴趣。您不会是怀疑乔伊斯·雷诺兹的死跟几年前一个有前途却轻度涉及违法活动的年轻人的死有什么关联吧?"

"人只有怀疑一切,才能发现更多。"波洛说。

"恕我直言,在处理一切与犯罪相关的事时所需要的,都是证据。"

"您也许听说了,有不少人听见被杀的乔伊斯说她亲眼见过一场谋杀。"

"在这个地方，"富勒顿先生说，"人们总能听到四面八方的流言。他们听得太多了，如果我能这样描述的话——夸大其词，根本不足为信。"

"这也是实情。"波洛说，"据我所知，乔伊斯才十三岁。一个九岁的孩子就能记住他看到的一切——一场肇事逃逸的车祸，黑夜里一场拿着匕首的打斗或者争执，或者一位学校老师被掐死，这些都可能给那个孩子留下深刻印象，但是她不会说出去。也许是因为不确定她看到的到底是什么，就一直在心里琢磨。直到又发生了什么事提醒了她，使她终于想明白了。您同意这很可能发生吗？"

"哦，对，对，但是——我觉得这种推测太牵强了。"

"这里还有一件事，我相信。一个外国女孩失踪了。她的名字，我记得，叫奥尔加或者索尼亚，我不知道她的姓。"

"奥尔加·塞米诺娃。对，没错。"

"我恐怕，她不是一个可靠的人。"

"不是。"

"她是陪护或者护士，伺候刚才您跟我说的卢埃林-史密斯夫人，德雷克的姑妈，对吗？"

"是的，她请过几个女孩照顾她——还有另外两个外国女孩。有一个她几乎马上就和她吵架了；另一个很善良，但是特别笨。卢埃林-史密斯夫人忍受不了那么蠢的人。奥尔加是她最后的冒险，似乎很适合她。她并不是一个——如果我没记错的话——特别吸引人的姑娘。"富勒顿先生说，"她身材矮小，很壮实，不苟言笑，附近的人们并不是很喜欢她。"

"但是卢埃林-史密斯夫人很喜欢她。"

"她非常依赖她——这很不明智。"

"啊,确实。"

"我毫不怀疑,"富勒顿先生说,"我无法告诉您任何您不知道的信息,这些东西,如我所说,像野火一样早就传遍了。"

"我听说卢埃林-史密斯夫人留了一大笔钱给这个女孩。"

"非常出人意料。"富勒顿先生说,"卢埃林-史密斯夫人的遗嘱很多年都没有根本性的变化,只是增加一些慈善机构或者修改因为继承人死亡而空出的遗产。如果您对这件事有兴趣,那我说的这些您早就都知道了吧。她的财产总是留给她的侄子雨果·德雷克和他的妻子,她是他的表妹,也是卢埃林-史密斯夫人的外甥女。如果他们中有人先去世了,那么财产就都归另一个所有。还有很多遗赠物是留给慈善机构和老仆人的。但是据说最终的遗产分配是在她死前三个星期确定的,而那不是由我们事务所起草的。她亲笔书写了一份遗嘱补遗。包括一两个慈善机构——没以前那么多了——老仆人们的份额也少之又少,剩下的巨额财富都留给了奥尔加·塞米诺娃,以感谢她无微不至的关怀和照顾。非常让人震惊的分配方法,一点也不像卢埃林-史密斯夫人以前的行事风格。"

"然后呢?"波洛问。

"您可能或多或少听过事情的发展了。从笔迹鉴定专家提供的证据看,那条补遗完全是伪造的,只是稍微有点像卢埃林-史密斯夫人的笔迹而已。史密斯夫人不喜欢用打字机,总让奥尔加尽量模仿她的笔迹写一些私人信件,有时甚至模仿她去签名。她做这种事的经验很丰富。卢埃林-史密斯夫人去世之后,这个女孩似乎得寸进尺了,以为她模仿雇主的笔迹能够以假乱真。但是这种事瞒不过专家。对,肯定瞒不过。"

"为辨别那份文件的真假,会提起诉讼吧?"

"的确。当然,在法庭接受诉讼之前通常有一段法定延误,而在那期间,那个年轻女孩失去了勇气,如你刚才所说的那样,她——失踪了。"

第十三章

赫尔克里·波洛告辞离开之后,杰里米·富勒顿先生坐在桌前,指尖轻轻敲打着桌面。然而他的眼睛望向远方,陷入了沉思。

他拿起面前的一份文件,垂下眼睛看着它,目光却没有焦点。内线电话小声地响起来,他拿起桌上的听筒。

"什么事,迈尔斯小姐?"

"霍尔登先生来了,先生。"

"对,对,他有预约,我想已经晚了四十多分钟了吧。他说了为什么来晚了吗?……是,是,我很明白。每次迟到他都是这个理由。你告诉他我已经在接见下一位客户了,没时间见他。你跟他约下周,好吗?我们不能忍受这样的事一而再再而三地发生。"

"好的,富勒顿先生。"

他放下听筒,一脸深思地看着面前的文件,但还是没读它。他的思绪飞回到了过去。两年,差不多正好两年——今天早上来的那个穿着黑漆皮鞋、留着小胡子的奇怪小老头问了各种问题,把他带回到过去之中。

现在他在脑海中回想着两年前的那场对话。

他再一次看见,在他对面的椅子里坐着一个女孩,矮小,健壮——橄榄般棕色的皮肤，暗红色的大嘴巴，高高的颧骨，浓黑突出的眉毛下一双蓝色的眼睛犀利地盯着他的眼睛。一张饱含热情的脸，一张充满生机的脸，一张经受过痛苦的脸——也许一直都要承受痛苦，但是永远也学不会接受苦难。她是那种会一直反抗到底的人。她现在在哪儿呢？他想知道。她用了什么方法，怎么做到的？她到底做到了什么呢？谁帮了她？有人帮了她吗？肯定是。

他猜她回去了，回到中欧某个动乱不断的国家。她从那里来，她属于那里，最终也不得不回到那里，因为已经没有别的路可走了，除非她想要失去自由。

杰里米·富勒顿是法律的支持者。他相信法律，蔑视现在很多法官总是从轻发落、墨守成规。学生们偷书，新婚少妇在超市小偷小摸，女孩偷拿雇主的钱，男孩毁坏电话亭拿里面的硬币。他们中没有人是真正需要钱，没有人是走投无路的；他们大多数都是从小被溺爱，什么都不懂，只相信他们买不起的东西都可以伸手去拿。然而在他那坚定的坚持法律的公正的信仰之下，富勒顿先生还是一个有同情心的人。他可能会为人们感到难过。他可能会，也确实为奥尔加·塞米诺娃感到难过，尽管他没有被她为自己激烈的辩护所影响。

"我来寻求您的帮助。我想您能帮我。去年您对我很好，您帮我填了那些表格，我才能多在英格兰待一年。所以当他们对我说'你有权不回答任何不想回答的问题，你可以找律师代表你'的时候，我想到了您。"

"你现在所处的这种环境——"富勒顿先生记得他当时说这话时是多么冷静和冷漠。因为要隐藏他的遗憾，说起话来就更加冷漠，他说："这并不合适。在这个案子里我没办法在法律上代表你。我已经代表德雷克一家了。如你所知,我是卢埃林-史密斯夫人的律师。"

"但是她已经死了。她死了,不再需要律师了。"

"她很喜欢你。"富勒顿先生说。

"是的,她很喜欢我。这也是我要告诉您的。这就是她为什么要把钱留给我。"

"她所有的钱?"

"为什么不呢?为什么不能?她不喜欢她的亲戚。"

"你错了,她很喜欢她的侄子和侄媳。"

"好吧,她可能喜欢德雷克先生,但是她不喜欢德雷克夫人。她觉得她很烦。德雷克夫人总是干涉她的生活。她不让卢埃林-史密斯夫人做她一直喜欢做的事,不让她吃喜欢吃的东西。"

"她是个有良心的人,试图劝她的姑妈听从医生的嘱咐,注意饮食,不要过度运动,等等。"

"人们都不愿意听从医生的嘱咐。他们不想被亲戚干涉。他们喜欢过自己的日子,做喜欢的事,吃喜欢的东西。她有很多钱,她想要什么就有什么!要多少有多少!她很有钱——有钱——有钱!她可以用她的钱做任何事。他们已经很有钱了,德雷克先生和夫人,他们有一栋好房子,有足够的衣服,还有两辆车。他们非常富有了。为什么还要给他们钱?"

"他们是她唯一在世的亲戚。"

"她想把钱留给我。她为我难过。她知道我受过很多苦,她知道我爸爸被警察逮捕了,我和妈妈再没见过他。她知道我妈妈的事,也知道她是怎么死的。我的家人都死了。很可怕,我经历的这一切。您不知道究竟是什么样子。您没站在我这边。"

"没有,"富勒顿先生说,"我没站在你那边。听到你经历的这些事，我很难过，但是你又惹祸上身了。"

"那不是真的！不是真的，我没做过不该做的事。我做了什么？我对她很好。我给她拿了很多医生不建议她吃的东西，巧克力和黄油。他们一直只给她吃植物油，她不喜欢植物油，她想吃黄油，她想要很多黄油。"

"这不是黄油的问题。"富勒顿先生说。

"我照顾她，我对她很好！所以她很感激我。她去世的时候，我发现她很好心地签了一张纸，把她的钱都留给我了，然后德雷克一家就来找我，说我不应该拥有这些钱。他们说了很多难听的话。他们说我不正当施压。还有更难听的话，越来越难听。他们说我自己写的那份遗嘱。胡说八道。她写的，她亲笔写的。那时候她让我离开房间，把清洁女工还有园丁吉姆叫过去了。她说他们得在上面签字，我不能签。因为我会得到那笔钱。为什么我不能得到那笔钱？为什么我的生命里就不能有一些幸运，有一些幸福？我知道这件事后还计划去做很多事，那些计划是那么美妙。"

"我毫不怀疑，是的，我毫不怀疑。"

"为什么我不能有计划？为什么我不能高兴？我将会很幸福很富有，拥有我想要的一切。我做错什么了？没有，没有，我告诉您，我什么都没做错。"

"我向你解释过了。"富勒顿先生说。

"都是谎话。您觉得我在说谎。您说我自己写的那份遗嘱。不是我写的。是她写的。没人能改变这一点。"

"每个人都有自己的立场。"富勒顿先生说，"现在听着，别再抱怨了，听我说。卢埃林－史密斯夫人经常让你尽量模仿她的笔迹写信，是真的吧？那是因为她还保留着维多利亚时期的老传统，认为用打字机给朋友或者亲密的人写信是不礼貌的。现在没人关心信是手写的还是打印的了，但是对卢埃林－史密斯夫人来说那就是无礼。你能明白我说的是什么吧？"

"是的，我明白。她也是这么要求我的。'哦，奥尔加，'她说，'按我刚才让你速记下来的话给这四封信回信，但是你得用手写，写得越像我的字越好。'她让我练习她的笔迹，注意她的笔画是怎么写的。'只要和我的笔迹有些像，'她说，'就可以了，然后你可以签上我的名字。我不希望人们觉得我自己连字都写不了了。尽管，你知道，我手腕的风湿越来越严重，但是我不想用打字机打私人信件。'"

"你可以用你的字体回信，"富勒顿先生说，"然后在后面注明'秘书代写'之类的。"

"她不让我那么做。她希望人们认为那就是她亲笔写的。"

这一点，富勒顿先生想，很可能是真的。很像卢埃林－史密斯夫人的风格。她总是非常不满一些事实：她不能再做以前做的事了，不能像以前那样走远路或者爬山了，不能用手做一些特定的动作，尤其是右手。她希望能说："我非常健康，非常好，如果我想做，没什么我做不了的。"是的，奥尔加刚才告诉他的绝对是真的，而正因为这是真的，才使得卢埃林－史密斯夫人签的最后那条遗嘱补遗在最开始被毫无疑问地接受了。那是在他的办公室，富勒顿先生回想起来。他们起了疑心，是因为他和他年轻的搭档都非常熟悉卢埃林－史密斯夫人的字体。小科尔最先说："您知道吗，我真不敢相信卢埃林－史密斯夫人写了那条补遗。我知道她最近得了关节炎，但是看看这些我从以前的文件里找到的她的手写字。这条补遗不太对劲。"

富勒顿先生也觉得不太对劲。他说在字迹问题上可以询问专家的意见。得到的答案非常肯定。补遗上面的手写字绝对不是卢埃林－史密斯夫人写的。如果奥尔加没有那么贪心，富勒顿先生想，如果她知足地去写跟这个一样开头的一条补遗——"为感谢她无微不至地照顾和关心，以及她对我表现出的亲密和友善，我赠予她——"这是补遗的开头，也只能这样开头。如果她在下面明确写明有一大笔钱要留给忠诚的互换生女孩，亲戚们可能会觉得有点太过了，但他们还是会毫无疑问地接受。然而排除所有亲戚，甚至包括一直是她过去二十年的四份遗嘱中剩余财产继承人的侄子，把遗产都留给这个陌生人奥尔加·塞米诺娃——这不是路易丝·卢埃林－史密斯夫人的性格。事实上，一条不正当施压就能推翻这样一份遗嘱。不，她太贪婪了，这个激动热情的孩子。可能卢埃林－史密斯夫人告诉过她会留一笔钱给她，因为她无微不至地照顾、关心，而且对她百依百顺，做任何主人让她做的事，这让老太太开始喜欢这个孩子。而这让奥尔加开始憧憬。她将会拥有一切。老太太会把一切都留给她，她会得到所有的东西。钱、房子、衣服，还有首饰珠宝。一切东西。一个贪婪的女孩。而现在她要遭到惩罚了。

而富勒顿先生，有悖他的意志、有悖他的法律直觉、有悖他许多原则，为这个女孩感到难过。非常为她难过。据说她从还是孩子的时候就开始遭受苦难，体会了国家的严酷，失去了父母，失去了一位兄弟，一位姐妹，知道了不公和恐惧。这一切造就了她的一种特性，一种与生俱来的特性，只是一直没有机会表现出来。这导致了一种孩子般狂热的贪婪。

"所有人都跟我作对，"奥尔加说，"每个人。你们都跟我作对。您不公平，因为我是外国人，因为我不属于这个国家，因为我不知道该说什么、该做什么。我能做什么？为什么您不告诉我我该做什么？"

"因为我真的不认为我能为你做什么。"富勒顿先生说,"你最好的选择就是坦白从宽。"

"如果我按你说的做,那就是说谎,是假话。她写的那份遗嘱。她写在那儿的。他们在那儿签字的时候,她让我离开房间了。"

"证据都对你不利,你知道的。有人会说卢埃林-史密斯夫人有时候根本不知道自己签的是什么。她有各种不同的文件,她有时候根本不读她面前放的是什么。"

"好吧,那她根本就不知道自己说的是什么了。"

"我亲爱的孩子,"富勒顿先生说,"对你最有利的只有两个事实,一是你是初犯,二是你是外国人,对英语并不精通。这样的话你可以被从轻发落——或者你可以,真的,缓刑察看。"

"哦,措辞。只是措辞不同而已。我会被关进监狱,永远出不来了。"

"你是在胡思乱想。"富勒顿先生说。

"那我还不如逃跑,如果我跑了,藏起来,就没有人能找得到我了。"

"一旦发出了逮捕令,你就会被找到的。"

"如果我够快的话就不会。如果我现在马上就走,如果有人帮我,我就能离开,离开英国。坐船或者坐飞机。我可以找人伪造通行证或者护照或者需要的任何东西。有人会帮我,我有朋友。有喜欢我的人,有人会帮我消失。这就是我需要的。我可以戴上假发,或者拄着拐棍走路。"

"听着,"富勒顿先生当时说很有威信地说,"我为你难过,我会给你推荐一位律师,他会尽全力帮助你。你不能希望借消失了事。那都是孩子话。"

"我有足够的钱。我攒钱了。"然后她接着说,"您已经尽力帮我了,是的,我相信。但是您不会做任何事,因为法律——法律。但是有人会帮我。有人会。我会去一个没有人能找到我的地方。"

富勒顿先生想,果然没有人再找到她。他很好奇——是的,他非常好奇——她现在哪儿,或者可能在哪儿。

第十四章

1

获准进入苹果林之后,赫尔克里·波洛被带到客厅,然后被告知德雷克夫人马上就来。

穿过大厅时他听到了一群女人谈话的嗡嗡声,他判断那声音应该是从餐厅传来的。

波洛走到窗前,观察着外面整齐美丽的花园。规划得很好,管理也很精心。大片的紫菀仍然盛开着,被紧紧地绑在柱子上;菊花也还没有完全枯萎。甚至还有一两株玫瑰傲视着冬天的到来。

波洛看不出任何园艺师规划的痕迹。所有的一切都打理得很细心,而且都遵循传统。他怀疑德雷克夫人对迈克尔·加菲尔德来说太碍手碍脚了。所有的迹象都表明这就是一个管理出色的普通郊区花园。

门开了。

"很抱歉让您久等了,波洛先生。"德雷克夫人说。

大厅外面的嘈杂声随着人们离开慢慢消失了。

"是为了我们教堂的圣诞庆典,"德雷克夫人解释说,"开了一个委员会,商量盛典的安排和其他事宜。这种事总比预计要花的时间长,当然。总有人提出反对意见,或者有个好主意——这个好主意通常是很不可能实施的主意。"

她的语气有点尖刻。波洛能想象出她坚定明确地驳倒那些意见的情景。根据斯彭斯妹妹的评论、其他人的暗示还有别的途径听到的消息,波洛能肯定罗伊娜·德雷克是那种支配型的人,所有人都希望她来主持安排,而在她那么做时又没有人喜欢她。同样,他能想象,她的这种责任心是不讨与她同样性格的长辈喜欢的。卢埃林-史密斯夫人,据他所知,搬到这里来住是为了离她的侄子侄媳更近些,而这位妻子欣然担负起了尽可能监护和照顾她丈夫的姑妈的责任,虽然她并没有真的和她住在一起。卢埃林-史密斯夫人可能在心里很感激罗伊娜,但同时也会反感她独断专横的方式。

"好了,现在他们都走了。"罗伊娜·德雷克听到客厅传来的关门声后说,"我能为您做些什么呢?关于那个可怕的晚会的更多信息?我真希望晚会不是在这儿开的,但是没有别的合适的房子了。奥利弗夫人还住在朱迪思·巴特勒家吗?"

"是的,她一两天内就要回伦敦了。您以前没见过她吗?"

"没有,我喜欢她的书。"

"我相信她是一个很好的作家。"波洛说。

"哦,好吧,她是个好作家。毫无疑问,也是个很幽默的人。她有什么看法吗——我是说关于谁是这个可怕的案件的凶手。"

"我觉得没有。您呢,夫人?"

"我已经告诉过您了。我没什么看法。"

"您可以这么说,但是,您可能,也许,有些不错的看法,但只是一个想法。一个不完整的想法;一个可能的想法。"

"您为什么那么想呢?"

她好奇地看着他。

"您可能看到了什么事，很小的微不足道的一件事，回想起来的时候才发现也许比当初认为的更有意义。"

"您一定有什么想法，波洛先生，一些确定的小事。"

"好吧，我承认，因为有人告诉了我一些事。"

"果然！谁呀？"

"惠特克小姐，学校教师。"

"哦是的，当然，伊丽莎白·惠特克。她是数学老师，对吗，在榆树小学？我记得，她当时在晚会上。她看到什么了吗？"

"她看到了什么倒是没什么关系，反而是她觉得您可能看到了什么。"

德雷克夫人看起来很吃惊，然后摇了摇头。

"我怎么想不起来我看到了什么别人都不知道的事。"罗伊娜·德雷克说。

"跟一个花瓶有关，"波洛说，"一个放满花的花瓶。"

"一个放满花的花瓶？"罗伊娜·德雷克似乎有些迷惑。接着她的眉头展开了。"哦，当然，我知道了，对，有一个装着秋叶和菊花的花瓶，放在楼梯拐角的桌子上。一个非常漂亮的玻璃花瓶。那是我的一件结婚礼物。里面的叶子都有些枯萎了，有一两朵花也是。我记得我是在从大厅经过的时候注意到它的——那时晚会已经接近尾声了，我依稀记得，但我不是特别确定。我走上去，把手伸进去，发现肯定是哪个粗心的人把花放进去之后忘了放水了。我很生气。所以我把它拿进盥洗间，装满水。可我能在盥洗间看到什么呢？里面没有人。我很确定。我以为会有一些年龄大一些的男孩女孩在晚会期间做些无伤大雅的举动，美国人称之为拥吻，但是当我抱着花瓶进去的时候里面确实一个人也没有。"

"不，不，我不是指那个。"波洛说，"我听说发生了一起事故。花瓶从您手里滑落了，掉到大厅的地上摔碎了。"

"哦，对。"罗伊娜说，"摔得粉碎。为此我非常伤心，我说过，那是一件结婚礼物，而且确实是一个非常好的花瓶。它很重，装秋天的花束什么的也足够稳。我太笨手笨脚了。手一滑，它就从我手里掉出去，摔到了下面大厅的地上。伊丽莎白·惠特克小姐正好站在旁边。她帮我捡起了碎片，并把碎玻璃扫到一边，免得有人踩到上面。我们先把它们扫到了一座老时钟的后面，等稍后再清理。"

她询问地看着波洛。

"这就是您说的事件吗？"

"是的，"波洛说，"惠特克小姐怀疑——我觉得——您怎么把花瓶摔下去了呢，她觉得可能是有什么事吓到您了。"

"吓到我？"罗伊娜·德雷克看着他，伴随着沉思，她的眉头又皱到了一起，"不，我不觉得我被吓到了，没有。那就是一时手滑，有时刷碗的时候也会发生，真的，就是因为太累了。那时我已经很累了，准备晚会、主持晚会什么的。晚会进行得很顺利，我必须说。我曾经那么觉得——哦，那就是累极了的时候笨拙的举动。"

"您肯定没有任何事吓到您？没看到什么出乎您意料的事？"

"看到？在哪儿？在大厅？我没看见大厅里有什么。那会儿大厅里没人，因为大家都在玩抓火龙，除了，当然，除了惠特克小姐。我觉得在她过来帮我清扫之前我都没注意到她。"

"您看没看到什么人，也许，正要离开藏书室？"

"藏书室……我明白您的意思了。是的，我能看见那扇门。"

她停了很久，然后用既坦诚又坚定的眼神看着波洛，说，"我没看见任何人离开藏书室，"她说，"没有人……"

波洛很怀疑。她说这些话的方式让他更坚定地认为她没有说实话。她肯定看到了什么人或什么事。也许门只打开了一点点，只能模糊地看到里面有个人影。但是她否定得很坚决。为什么她这么坚定呢？他想知道。因为她一时不愿意相信她看到的那个人在门后做了什么犯罪活动？一个她关心的人，或者，一个——似乎更可能是——一个她想保护的人。那个人，刚刚度过童年阶段，她认为那个人还没有真正意识到他做了多么可怕的事。

波洛相信她是个强硬的人，也很正直。他觉得她和很多女人是同一类型，她们通常是治安官，或者管理法庭或慈善机构，或者投身于过去所说的"慈善事业"。她们又过度地相信情有可原，随时准备——非常奇怪——为未成年罪犯开脱罪责，比如青春期男孩，反应迟钝的女孩，觉得他们也许已经——那个词是什么来着——被"管教"了。如果她看见从藏书室出来的是这类人的话，很可能罗伊娜·德雷克的保护本能开始发作了。在现在这个时代，儿童——可能是很小的孩子，七岁、九岁之类——犯罪并不是前所未见，而且如何处理少年法庭上这些似乎是天生的青少年罪犯是个难题，因为人们会找各种理由为他们开脱，家庭破碎、父母照顾的疏忽和不当，等等。而为他们辩护得最激烈的，能为他们找出各种借口，通常就是罗伊娜·德雷克这类人。除了对这些青少年罪犯，她们对别的人或事都严厉苛刻，吹毛求疵。

对波洛而言，他并不赞同。他是那种永远以公正为首的人。他向来对仁慈——更确切地说，是过多的仁慈——持怀疑态度。据他在比利时及这个国家之前的经验来看，如果将公正置于仁慈之后，通常会导致进一步犯罪，使本来可以不必受害的无辜的人遭受不幸。

"我知道了，"波洛说，"我知道了。"

"您不认为惠特克小姐可能看见有人进藏书室了吗？"德雷克夫人提示道。

波洛颇有兴趣。

"啊，您认为可能是这样？"

"我只是觉得有这种可能。她可能瞥见有人进藏书室了，比如说五分钟或者更早之前，所以当我把花瓶弄掉了的时候，她就认为我可能也看见那个人了，也许我看清那个人是谁了。或许她只是匆匆瞥见了那人一眼，并不确定是谁，所以不想猜测是谁，以免不公平。也许是一个小孩或者年轻男孩的背影。"

"您是不是认为，夫人，那是一个，一个孩子——男女都有可能，一个小孩子，或者一个青少年？您不确定是上面哪一种，但是可以说，您认为这个案子的凶手最有可能是这一类人？"

她在脑海中反复思量。

"是的，"她最后说，"我是这么认为的。尽管我还没彻底想明白。我觉得现代社会的犯罪似乎很多都和青少年联系在一起，他们并不真正清楚自己在做什么，只是愚蠢地想要报复，想要毁灭。还有那些破坏电话亭、刺破汽车轮胎等，想要伤害他人的人，只是因为他们厌恶——不是特定的某个人，而是整个世界。这是这个时代的症状。所以我觉得，当遇到一个孩子无端在晚会上被溺死之类的事，人们自然会猜测凶手可能是还不用完全为自己的行为负责的人。您同意我的话吗？就是……就是，好吧，这是现在这种情况下最可能的解释，不是吗？"

"我想，警察和您的观点一样，或者说曾经一样。"

"嗯,他们应该知道。这个地区的警察很能干。他们破获了好多案子。他们吃苦耐劳,从不放弃。我觉得他们能查明这件案子,尽管可能不会很快。这种案子好像通常都要花很长时间,要有足够的耐心调查取证。"

"这个案子的证据很难搜集,夫人。"

"是的,很难。我丈夫被害时,他的腿瘸了。他正在过马路,一辆车冲过来,把他撞倒了。他们一直没找到凶手。我的丈夫——也许您不知道——六年前,我丈夫得了脊髓灰质炎,半身不遂。后来他的身体有所好转,但腿还是有些跛,所以当有车向他飞驰而来的时候,他很难躲开。我觉得这些都是我的责任,尽管他总坚持不让我陪他出去,不让任何人陪着,因为他讨厌让护士照看他,妻子也不行。他过马路的时候一直很小心。虽然这样,事情发生之后人们还是会很自责。"

"那是在您姑母去世之后吗?"

"不,她是在那之后不久去世的。这就叫祸不单行,不是吗?"

"的确。"赫尔克里·波洛说。他接着问:"警察没有找到撞到您丈夫的车吗?"

"那是一辆蚱蜢七型车。路上看到的每三辆车里面就有一辆蚱蜢七型车——至少那时是那样。那是市场上最流行的车,他们告诉我。他们相信那辆车是从曼彻斯特的集市上偷来的。车停在那里,车主是沃特豪斯先生,在曼彻斯特卖种子的老人。沃特豪斯先生开车很慢很小心,很显然他不是肇事者。肯定是不负责任的年轻人偷了车。那些粗心大意,或者我应该说铁石心肠的年轻人,我有时候觉得,他们应该受到更严厉的惩罚。"

"也许应该多判几年监禁。仅仅罚款——而且罚款都是由纵容他们的亲属支付,这完全没有作用。"

"人们得记着,"罗伊娜·德雷克说,"处于关键年龄的年轻人必须继续接受教育,这样他们将来才有可能有所成就。"

"教育是神圣不可侵犯的,"赫尔克里·波洛说,"我常常听——"他飞快地补充道,"嗯,了解这一点的人这么说。受过教育,拥有学位的人。"

"但他们没有把那些成长条件不佳年轻人考虑进去,比如家庭破碎的孩子。"

"所以您认为除了长期监禁还应该有别的方式?"

"合适的补救措施。"罗伊娜·德雷克坚定地说。

"那样就能——另一句谚语——用猪耳朵做出丝线包[①]?您不相信那句格言,'人的命运是生来注定的'?"

德雷克夫人看起来非常疑惑,同时还有些不高兴。

"这是句伊斯兰格言,我记得。"波洛说。德雷克夫人好像并不在意。

"我希望,"她说,"我们不要从中东照搬观念——或者我应该说,理想。"

"我们必须得接受事实,"波洛说,"现代生物学家所阐述的事实——西方的生物学家,"他急忙补充道,"似乎很强调基因构成是影响一个人行为的根源。一个二十四岁的杀人犯在他两三岁或者四岁的时候就是一个潜在的杀人犯,数学家和音乐天才也一样。"

"我们并不是在讨论杀人犯,"德雷克夫人说,"我丈夫是因为交通意外去世的,是一个粗心大意而又教养不好的人造成的。

[①]英国谚语:make a silk purse out of a sow's ear,意思是朽木不可雕。

无论那个男孩或年轻人是谁,都有希望通过教育让他们明白,为他人考虑是一种责任,明白即使无意中要了别人的命也是令人憎恶的行为。他们的行为只能描述为过失杀人,而不是真正的蓄意谋杀,不是吗?"

"这么说您很肯定,那不是蓄意杀人?"

"我倒是想怀疑。"德雷克夫人看起来有些吃惊,"我觉得警察从来没有考虑过这种可能性。当然我也没有。那就是一场意外。一场改变了很多人的命运的意外,包括我自己的。"

"您说我们讨论的不是凶手,"波洛说,"但是在乔伊斯的案子里我们就是要讨论凶手。这里面没有意外。一双早有预谋的手把那个孩子的头摁进水里,把她摁在那里直到她死。这是蓄意谋杀。"

"我知道,我知道,这很恐怖。我不愿意想起,不愿意提起这件事。"

她站起来,不安地来回走动。波洛毫不留情地继续说下去。

"我们面前还有一个选择。我们必须找到作案动机。"

"在我看来,这样的犯罪肯定没什么动机。"

"您是说凶手是个精神分裂的人,甚至以杀人为乐?可能喜欢杀年幼无知的小孩?"

"这种事也不是没发生过。原始病因很难查明,甚至精神病专家的意见都不一致。"

"您拒绝接受一个更简单的解释?"

她看起来很疑惑。"更简单的?"

"凶手可能不是精神分裂,不是那种可能让精神病专家意见不一的案例。凶手可能只是想要自保。"

"自保?哦,您的意思是——"

"在案发几小时之前,这个女孩吹嘘说,她见过某人杀人。"

"乔伊斯,"德雷克夫人相当平静而确定地说,"真是个很傻的小丫头。我恐怕,她的话通常不可信。"

"所有人都是这么告诉我的,"赫尔克里·波洛说,"我开始相信了,每个人都这么说,那就一定是真的。"他叹了口气补充道,"通常都是。"

他站起身来,换了一种方式。

"我很抱歉,夫人。我提起了那些不愉快的事,这些事其实跟我并没有关系。但是从惠特克小姐告诉我的来看,似乎——"

"为什么您不再多向她了解一下?"

"您是指——"

"她是一位教师。她比我更了解她教的那些学生的——潜在的可能性,像您刚才说的。"她停了一下接着说,"埃姆林小姐也是。"

"校长?"波洛有些吃惊。

"是的。她知道很多事。我是说,她是个天生的心理学家。您说我可能会对杀害乔伊斯的凶手有些看法——不成形的观点。我没有,但是我觉得埃姆林小姐会有。"

"这很有意思……"

"我不是说有证据。我是说她有可能知道。她能告诉您,但是我觉得她不会告诉您。"

"我开始明白了,"波洛说,"我还有很长的路要走。人们知道一些事,但是他们不会告诉我。"他意味深长地注视着罗伊娜·德雷克。

"您的姑妈,卢埃林-史密斯夫人,曾经雇过一个互换生女孩照顾她,一个外国女孩。"

"您似乎已经知道附近所有的流言了。"罗伊娜冷淡地说,"对,是这样。我姑妈去世之后不久,她就突然离开了。"

"出于一些原因,似乎是。"

"我不知道这么说算不算诽谤或中伤,但是毫无疑问,是她伪造了我姑妈的一条遗嘱补遗,或者有人帮她做的。"

"有人?"

"她跟一个在曼彻斯特的年轻律师很要好。那个人好像以前卷进过一起伪造案。这桩案子没有上法庭,因为那个女孩消失了。她可能意识到那份遗嘱通不过遗嘱检验,她将会被起诉,所以她就离开了这里,之后再没听到过她的消息。"

"我听说她也来自一个破碎的家庭。"波洛说。

罗伊娜·德雷克突然看向他,而波洛在温和地微笑。

"谢谢您告诉我这些,夫人。"他说。

2

从苹果林出来,波洛沿着主路走了一小段,然后拐向了一条标着"海尔普斯里公墓路"的小路。他很快就找到了标牌上所说的公墓,也就最多十分钟的路程。很明显是近十年建起来的公墓,很可能是为了突显伍德利社区作为居住实体越来越重要的地位而配套建设的。这里的教堂规模不大,是两三个世纪前建起来的,教堂的围栏里已经竖满了墓碑。而公墓建在两地之间,有一条小路将其与教堂连起来。它是,波洛想,一个商业式的现代公墓,合适的悼词雕刻在大理石或者花岗岩的墓碑上;这里有碎石路,还有小片的灌木和鲜花。没有有趣的古老悼词或碑文。没什么适合古文物学家的东西。干净、整洁,还散发着淡淡的哀思。

他停下来，读起一块墓碑上的字，同周围几个墓碑一样，都是近两三年竖起来的。上面的碑文很简单："纪念雨果·埃德蒙·德雷克，罗伊娜·阿拉贝拉·德雷克深爱的丈夫，逝于一九xx年三月二十日。"

愿他安息

与精力充沛的罗伊娜·德雷克的谈话还记忆犹新，波洛突然觉得，也许安息对逝去的德雷克先生也是一种解脱。

一个雪花石膏的骨灰盒放在那里，上面残留着一些鲜花。一位老园丁，明显是受雇照管这些逝去的市民的墓地的，放下他的锄头和扫帚走过来，愉快地想聊上几句。

"您不是这里人，"他说，"对吗，先生？"

"确实，"波洛说，"我对您及面前的这位先人来说都是陌生人。"

"啊，对。这些经文是我们从一些论文还是什么地方找来的。那边那个角上的也是。"他接着说，"他是位很好的绅士，曾经是，德雷克先生。他瘸了，您知道。他得了小儿麻痹症，人们这么称呼它，可通常得这个病的并不是婴儿，而是大人，男人女人都会得。我老伴儿有一个姨妈，就在西班牙染上这个病了，是的。她是去那儿旅行，是的，在一个什么地方的河里洗了个澡。后来他们说是河水传染，但是我觉得他们也不是很清楚。要我说，我觉得医生也不知道。现在已经好多了，孩子们会接种疫苗什么的，现在得这病的比以前少多了。是的，他是个很好的绅士，从不抱怨，尽管他很难接受自己成了一个瘸子。他以前是个不错的运动员，他活着的时候，在村子里的板球队击球，打出过很多飞出边界线的六分好球。是的,他是个很好的绅士。"

"他死于意外,是吗?"

"没错。过马路的时候,将近晚上,一辆车开过来,两个大胡子都快长到耳朵的小混混坐在里边。他们是那么说的。他们连停都没停,直接开走了。都没下来看一眼。把车扔在了二十公里远的一个停车场。那不是他们的车,是从哪儿的一个停车场偷的。啊,太可怕了,现在总是发生这种事,而警察也不能拿他们怎么样。他的妻子很爱他。这对她打击太大了。她几乎每个星期都来这里,带着鲜花。是的,他们俩很恩爱。让我说,她在这儿待不了多久了。"

"真的?但是她在这里有幢很好的房子。"

"是的,哦,是的。她在村里做了许多事,您知道。所有那些事——妇女协会啊,茶会啊,各种其他的协会。她负责很多事。有人就嫌她管得太多了。发号施令,您知道。发号施令,还什么事都掺和,有人这么说。但是牧师很依赖她。她能组织各种活动,女人的活动,旅行啊、远足啊,等等。是的,我经常自己这么想,我不愿意跟老伴儿说,女人做的这些事并不会让你更喜欢她。她们永远知道什么最好,总是告诉你你应该做什么,不应该做什么。没自由。现在哪儿都没什么自由。"

"但是您觉得德雷克夫人可能要离开这里?"

"如果哪天她不是外出旅游,而是去国外某个地方生活了,我一点也不会奇怪。他们喜欢在国外待着,经常去度假。"

"您为什么觉得她要离开这儿呢?"

老人的脸上突然露出了一个调皮的笑。

"好吧,我觉得,她已经做完了她在这里能做的一切。用经文来说,她需要去开垦另外一片葡萄园。这里没什么好干的了,她都干完了，甚至比需要的还多。所以我这么想，是的。"

"她需要一片新的土地去劳作？"波洛提示说。

"您说对了。最好是在别的地方住下来，在那儿她就能纠正一堆事，能使唤别人了。她想让我们做的事我们都做了，她在这儿没什么可干的了。"

"可能吧。"波洛说。

"甚至没有丈夫要照顾了。她照顾了他很多年。那给了她生活目标，您可能会这么说。照顾丈夫，再加上一堆户外活动，她就会一直很忙。她是那种喜欢一直忙个不停的人。她没孩子，这就更遗憾了。所以我觉得，她会到另外某个地方重新开始。"

"您说得还挺有道理。她会去哪儿呢？"

"这个我也说不准。海边的某个地方，或者像他们去的西班牙或者葡萄牙，或者是希腊，我听她说过希腊小岛。巴特勒夫人，她有次旅行的时候去了希腊。海伦号，他们这么叫的。我听起来更像炼狱之苦。"

波洛笑了笑。

"希腊的小岛。"他喃喃说道。然后他问："您喜欢她吗？"

"德雷克夫人？不能说我真的喜欢她。她是个好女人。对邻居很尽责——但她总是需要职权，以便让她行使职责——让我说，没人真的喜欢一直尽职尽责的人。告诉我怎么修剪玫瑰，可我觉得已经剪得够好了。总让我种一些新流行的蔬菜，但卷心菜对我来说就够好了，我就喜欢吃卷心菜。"

波洛笑了。他说："我得走了。你能告诉我尼古拉斯·兰瑟姆和德斯蒙德·霍兰德住哪儿吗？"

"过了教堂，左边第三栋房子。他们寄宿在布兰德夫人家，每天都去曼彻斯特技校上学。现在他们应该到家了。"

他颇有兴趣地看了看波洛。

"您就是这么思考的,是吗?已经有了一些想法。"

"不,我还没有任何想法。只是他们当时在场——仅此而已。"

他告辞离开,边走边默默想道:当时在场的人们……我几乎都见过一遍了。

第十五章

两双眼睛不自在地看着波洛。

"我不知道还能帮您什么。警察已经找我们问过话了,波洛先生。"

波洛来回打量着这两个男孩。他们肯定不把自己称为男孩了。他们极力模仿大人的行为方式,模仿得也很像。如果你闭上眼睛,还以为是两个老俱乐部会员在谈话。而实际上,尼古拉斯十八岁,德斯蒙德十六岁。

"受一位朋友之托,我要对在某个场合的人进行一些调查。并不是在万圣节前夜晚会现场,而是为晚会做准备的时候。你们当时都在那儿帮忙吧?"波洛说,"目前为止,我已经走访了清洁女工,听取了警方的观点,跟一位医生交流过——进行尸检的那位医生,还跟当时在场的一位老师、学校校长和伤心的死者家属谈过,我也听到了许多本地的流言——顺便问一下,我听说你们这里有一位女巫,是吗?"

他面前的两个年轻人都大笑起来。

"你是说古德博迪大妈。是的,她参加晚会了,还扮演了女巫。"

"现在我想采访,"波洛说,"你们这些年轻的一代,耳聪目明的年轻人,你们了解最新的科学知识,能做出敏锐的判断。我迫不及待,非常迫不及待——想听听你们对这个案子的看法。"

十八岁和十六岁,他看着面前这两个男孩,心里暗自思索。对警察来说是青年,对他来说是孩子,对报社的记者来说是青少年。想怎么称呼他们都行。这是时代的产物。他们两个,波洛判断,即使不如他为了引起话题而吹捧得那样高智商,也一点都不笨。他们在晚会现场,而且稍早的时候帮了德雷克夫人不少忙。

他们爬上梯子,把金黄的南瓜放在特定的位置,还为装饰的彩灯拉好电线并通电。不知道他们中的谁,还想了个巧妙的办法伪造了一沓照片,让那些女孩以为是她们未来丈夫的样子。他们还正好处于最合适的年龄,因此成为拉格伦督察,似乎还有老园丁的首要怀疑对象。最近几年,这个年龄段的犯罪率一直在上升。波洛本人倒没有特别怀疑他们,但是一切都有可能。甚至两三年前那起谋杀案的凶手也可能是十四岁或者十二岁的男孩、青年或青少年。最近的报纸上总会刊登这类案件。

他把这些可能性都压在脑后,暂时不去细想,先集中精神评价他面前的这两个人,他们的长相、服饰、举止、言谈,等等。以赫尔克里·波洛自己的方式,并且隐藏在外国人的曲意奉承和夸张做作的面具之下,让他们欣然轻视他,尽管他们也把那份轻视隐藏在了礼貌和良好的举止之后。他们都举止得体。尼古拉斯,十八岁的那个男孩,长相英俊,留着短络腮胡子,长发披肩,穿着一身丧服似的黑西装。不像是悼念最近的这出悲剧,而是他自己的现代穿衣品味。年纪小一些的那个穿着玫瑰色的天鹅绒大衣,紫红色的裤子,还有带花边的衬衫。他们在着装上应该都花了不少钱,而且肯定不是在本地买的。不过或许是他们自己赚钱买的,而不是花父母或者监护人的钱。

德斯蒙德的头发是淡黄色的,有很多绒毛。

"我听说晚会那天早上和下午你们在那儿,帮忙为晚会做准备?"

"下午早些时候。"尼古拉斯纠正道。

"你们帮忙准备什么呀?我听好几个人说过准备工作,但我不是很清楚。他们说的都不一致。"

"比如很多的灯。"

"爬上梯子把一些东西放在高处。"

"我还听说有一些很棒的照片。"

德斯蒙德马上把手伸进口袋里,掏出一沓东西,又骄傲地从里面抽出几张卡片。

"我们提前给这些做了伪装。"他说,"为女孩们准备的未来丈夫。"他解释说,"她们都差不多,女孩都这样。她们想要时髦点的东西。这些都不错,是吧?"

他把一些样本递给波洛,波洛饶有兴趣地看着那些失真的复制品:有一个长满络腮胡的年轻人,另一个年轻人的头发盘出一个发髻,第三个的头发都垂到了膝盖,还有各种各样的胡子,或者不同的面部装饰。

"做得都挺好,还都不一样,不错吧,是吧?"

"我猜你们有模特吧?"

"哦,都是我们自己。就是化妆而已。都是尼克[①]和我两个人弄的。有些是尼克拍的我,有些是我拍的他。不同的只是——您可以称之为毛发样式。"

"太聪明了。"波洛说。

"我们故意不对准焦距,您知道,那样看起来就更像是想象

---

①尼古拉斯的昵称。

144

出来的图像啦。"

另一个男孩说:"德雷克夫人对这些很满意。她肯定了我们的作品,这些让她笑个不停。主要还是我们在那个屋子里布置的灯光起的效果。您知道,安了一两盏灯,当女孩们坐在那儿的时候,我们中的一个就突然把一张照片从屏幕上晃过,女孩就能从镜子里看到一张脸。提醒您,只是发型不同而已,还有不同的胡须之类的。"

"那她们知道看到的是你们或是你们的朋友吗?"

"哦,我觉得当时不知道。至少在晚会上她们还不知道。她们知道我们在房子里帮忙布置,但我觉得她们认不出镜子里的就是我们。要我说,她们不怎么聪明。另外,我们还在脸上化了妆改变样子。先是我,接着是尼古拉斯。女孩们一直尖叫,好玩极了。"

"下午在那儿的人都有谁呢?我不是问参加晚会的人。"

"我猜晚会上肯定有三十个人左右,来回走动。下午有德雷克夫人,当然,有巴特勒夫人。一位学校老师,好像叫惠特克小姐。还有一个好像叫福莱特巴德夫人还是什么的,她是牙医的妹妹或妻子。弗格森医生的配药师李小姐也在,那天下午她休息,所以就来帮忙。有些小孩也过来想帮忙,我觉得他们帮不上什么。女孩们就三五成群到处乱逛,不停地咯咯笑。"

"啊,是的,那你记得那些女孩都是谁吗?"

"呃,雷诺兹家的孩子都在那儿。当然,可怜的乔伊斯也在,就是那个被杀的孩子。还有她的姐姐,安,讨厌的女孩,总是盛气凌人,认为自己聪明绝顶,门门都能得'优'。还有那个小男孩,利奥波德,他很可怕。"德斯蒙德说,"他总是偷偷摸摸的。他偷听,还告密,净干些讨厌的事。还有比阿特丽斯·阿德雷和凯西·格兰特,都很笨。当然还有几个真正能帮忙的女人,我是指清洁女工。还有那位女作家——把您带到这儿来的那位。"

"男人呢?"

"哦,牧师进来看了看,要是您把他算上的话。一个好老头儿,就是有些笨。还有新来的助理牧师,他一紧张说话就结巴,他也没在那儿待多久。我就只能想起这么多来了。"

"听说你们听见那个女孩——乔伊斯·雷诺兹——说她看到过一场谋杀之类的话了?"

"我没听到呀,"德斯蒙德说,"她说了吗?"

"哦,是有人这么说。"尼古拉斯说,"我没听到,她说的时候我可能没在房间。她在哪儿——我是指她说这话的时候?"

"在客厅。"

"对,好吧,除了一些做特殊事的,大部分人都在那儿。当然尼克和我,"德斯蒙德说,"大部分时间都在女孩们要照镜子看丈夫的那个房间。安装电线什么的,或者在楼梯上安装彩灯。我们可能有一两次在客厅,摆放中间掏空、安着蜡烛的南瓜。但是我们在那儿的时候没听到这类话。你呢,尼克?"

"我也没听到。"尼克说,然后又饶有兴趣地补充说,"乔伊斯真的说她亲眼见过一场谋杀?如果她真那么说了,就太有意思了,不是吗?"

"为什么那么有意思啊?"德斯蒙德问。

"好吧,超感知觉,不是吗?就是这样。她说她看到了一场谋杀,然后两三个小时之后她自己就被杀了。我猜她早有预料。得让人想想。您知道在最新的实验里他们好像能帮人实现超感知觉,通过把电极还是什么东西固定在颈部静脉上。我在哪儿读到过。"

"他们对什么超感知觉的研究永远没什么进步，"德斯蒙德轻蔑地说，"他们坐在不同的房间里，看着一堆方框里写着字或者画着几何图形的卡片，但是他们从来没看见过想看到的东西，或者几乎没有过。"

"好吧，必须得让年轻人做才行呢。青少年比老人成功的机会大。"

赫尔克里·波洛不想再继续听关于高科技的讨论了，他插话说："在你们的记忆里，当你们在那儿的时候，有没有什么让你们觉得不祥，或有什么特殊意义的，一些别人或许没注意，但是你们可能留心的事？"

尼古拉斯和德斯蒙德都紧紧皱着眉，明显是在搜肠刮肚地想找出点重要的情况。

"没有，就是一群人唠唠叨叨地说话，摆放东西，干活儿。"

"你有什么推测吗？"波洛对尼古拉斯说道。

"什么，推测谁杀了乔伊斯？"

"是的，我是说你可能注意到了什么事，让你有所怀疑，或者纯粹是基于心理分析。"

"是的，我明白您的意思了。可能还真能想出点什么来。"

"我看是惠特克。"德斯蒙德说，打断了尼古拉斯的沉思。

"那位学校老师？"波洛问。

"对，名副其实的老处女，您知道。性饥渴。一直教书，在一群女人中间打转。你还记得吧，一两年前有个女老师被掐死了。她有点奇怪，人们都这么说。"

"女同性恋？"尼古拉斯以一种老于世故的口气问。

"一点也不奇怪。你记得诺拉·安布罗斯吗，跟她一起住的那个女孩？长得不难看。她交过一两个男朋友，他们那么说，跟她一起住的女孩为此非常生气。有人说她是个未婚妈妈。她曾经称病歇了两个学期的假。在这个流言满天飞的地方,说什么的都有。"

"好吧,无论如何,那天早上惠特克大部分时间都在客厅。她很可能听到乔伊斯说的话,记在脑子里了,不是吗?"

"听我说,"尼古拉斯说,"如果是惠特克——你觉得,她多大了?四十多岁?快五十岁了。那个年纪的女人都有点古怪。"

他们两个都看着波洛,那眼神就像是为主人取回了想要的东西而心满意足的小狗。

"我打赌,如果是她做的,那么埃姆林小姐肯定知道。学校里的事没什么是她不知道的。"

"她不会说出来吧?"

"也许她觉得她应该对朋友忠诚,并且保护她。"

"哦,我觉得她不会那么做。因为她应该想到,如果伊丽莎白·惠特克发了疯,就会有许多学生被杀。"

"那个助理牧师怎么样?"德斯蒙德满怀希望地问,"他可能有些神志不清。您知道,也许是原罪之类的,有水,有苹果还有其他的——您听,我想到一个可能。他来这儿没多久,大家都不怎么了解他。假如抓火龙给了他灵感。地狱之火!火焰熊熊燃烧!然后,您想,他拉住乔伊斯说:'跟我来,我给你看一些东西。'然后他把她带到有苹果的房间,说'跪在这里',说'这是洗礼',然后他把她的头摁了进去。明白了吗?这就都说得通了。亚当和夏娃、苹果、地狱之火、抓火龙,然后再次洗礼以除去原罪。"

"或许他先在她面前脱光了衣服。"尼古拉斯信心满满地说,"我是说,这种案子通常都和性有关系。"

他们都一脸邀功地看着波洛。

"好吧,"波洛说,"你们确实给我提供了一些想法。"

第十六章

赫尔克里·波洛兴致勃勃地看着古德博迪夫人。那简直就是一张女巫的脸，让人自然而然就想到女巫，虽然她本人非常和蔼，但还是打破不了这个联想。她说起话来很吸引人，也让人很愉快。

"对，我当时在那儿，没错。我经常扮演女巫。牧师去年还夸我，说我在庆典上演得特别成功，要奖励我一顶新的尖帽子。女巫的帽子和其他东西一样，也会用坏。是的，那天我在那里。我会编一些小诗，您知道。我是说给女孩们写的那些诗，用她们的洗礼名编的。比阿特丽斯一首，安一首，其他人也有。我把这些告诉模仿神灵说话的人，他们再对着镜子里的女孩读出来。那些男孩，尼古拉斯少爷和小德斯蒙德，他们就让伪造的照片飘下来。快笑死我了，有一些特别好笑。那些男孩把毛发粘得满脸都是，然后互相照相。看看他们都穿了什么！有一天我看到德斯蒙德少爷了，您很难想象他穿的什么。玫瑰色的大衣还有浅黄褐色的马裤。穿得比女孩们还暴露，是的。女孩们现在想的就是把裙子拉高点，再拉高点，那对她们没什么好处，因为她们得在里面穿更多。我是说她们称为连体紧身衣裤和紧身衣的东西，在我们那个年代只有合唱团的舞女才穿，好女孩是不穿的。她们把钱都花在了这上面。但是男孩，要我说，他们就像翠鸟、孔雀或者是极乐鸟。好吧，我愿意看到一点颜色，并且一直觉得古时候挺好玩，像从图片上看到的那样。您知道，每个人的衣服上都有花边，留着鬈发，戴着绅士帽什么的。他们确实做了些好东西让那些女孩看。还有紧身衣和紧身裤。据我所知，提到过去，女孩们想的几乎都是穿上蓬蓬的大裙子——他们后来称它衬布裙——以及领子边围一圈荷叶边！我祖母，她曾跟我讲过她的那些小姐们。她是女佣，为维多利亚时的一个富有家庭服务。她的小姐们——我想应该是在维多利亚时期之前——当时在位的是脑袋像颗梨的那位国王，傻子比利，不是吗，威廉四世——那时候，她的小姐们，我是指我祖母照顾的小姐们，她们要穿长到脚踝的棉布外衣，非常保守，但是她们经常把布用水打湿，让它们贴在身上。您知道，紧贴着身体，就能展示想展示的一切。然后穿着走来走去，看着非常端庄，但实际上让那些绅士看得心里直痒，没错，确实是。

"我把驱邪球借给德雷克夫人办晚会用。是从一个杂物拍卖会上买的。就挂在烟囱那儿，您看到了吗？非常明亮的深蓝色。我一直把它挂在门的上方。"

"您会预见未来吗？"

"肯定不能说我会，是吗？"她笑道，"警察不喜欢我那么说。倒不是他们介意我预见什么而是没什么用。在这样一个地方，你不用问就知道谁和谁在一起了，所以很容易预言。"

"您能从驱邪球里看看，看着那儿，看见是谁杀了那个女孩，乔伊斯吗？"

"您搞混了，真的。"古德博迪夫人说，"能看见万物的是水晶球，不是驱邪球。如果我告诉您我认为是谁做的，您也不会相信。您会说这是违反自然规律的。但是确实发生的好多事都违反了自然规律。"

"您说的话有些道理。"

"这是一个宜居的好地方，至少整体上是。大多数人都很体面，但是无论您去哪儿总会有一些是魔鬼的后代。他们生来就是魔鬼。"

"您是指——黑魔法？"

"不，不是。"古德博迪夫人轻蔑地说，"那都是胡说八道，胡说。那是那些总干蠢事的人的托词。包括性还有其他的。不，我是指魔鬼之手碰过的那些人。他们生来就是如此。撒旦的儿子。他们生性如此，所以杀戮对他们来说不值一提，只要能得到好处就行了。他们想要什么就必须得到什么，为此不择手段。即使他们长得像天使一样美丽。我知道有个小女孩，七岁。杀了她的小弟弟和小妹妹。那是一对双胞胎，才五六个月大。她将他们掐死在婴儿车内。"

"是在伍德利社区发生的吗？"

"不，不，不是在伍德利社区。我记得是在约克郡。真残忍。她也是个美丽的小家伙。您可以给她安上一对翅膀，让她上台去唱圣诞颂歌，她看上去非常适合这个角色。但她不是，她的内心糟糕透了。您明白我的意思。您不年轻了。您了解这个世界，到处都有这种邪恶。"

"唉！"波洛感叹道，"您说得对。我再熟悉不过了。如果乔伊斯真的见过一场谋杀——"

"谁说她见过？"古德博迪夫人问。

"她自己这么说的。"

"没必要相信她的话。她经常说谎。"她瞪了他一眼，"您不会相信吧？"

"不,"波洛说,"我相信。太多人对我说别相信她。"

"家家都有一本难念的经。"古德博迪夫人说道,"拿雷诺兹一家来说,雷诺兹先生,他是做房地产生意的,从来没做成过大买卖,以后也不会。永远不会出人头地,您可以这么说。而雷诺兹夫人,总是非常焦虑,对什么都感到不安。他们的三个孩子没一个像他们。安,首先,她很有头脑。她的学业会很顺利。我毫不怀疑,她会上大学,也许她会成为一位老师。不过要注意,她对自己非常满意。太自鸣得意了,没人受得了她。男孩们都不愿意看她第二眼。然后是乔伊斯,她没她姐姐那么聪明,也没弟弟利奥波德聪明,但是她总想显得聪明。她总想知道得比别人多,做得比别人好,她会为了让别人坐直身子注意她而说任何事。但是她说的话一个字也不能相信,因为十有八九是假的。"

"那个男孩呢?"

"利奥波德?好吧,他只有九岁还是十岁,但是他确实很聪明。手很巧,别的方面也不错。他想学物理学,对数学也很擅长,让学校的老师都很吃惊。他很聪明,以后会成为科学家。但让我说,他成为科学家之后做的事,想做的事——会是很残忍的,比如原子弹!他是那种太聪明的人,聪明得想要毁掉半个地球,连同我们这些可怜的人类。你得提防利奥波德。他经常耍花招,还偷听,揭发人们的秘密。我想知道他的零花钱都是哪儿来的。不是他爸妈给的,他们给不了他那么多。他总是有很多钱,藏在抽屉里的袜子下面。他经常买东西,很多挺贵的小玩意儿。他的钱都是从哪儿来的?我猜,他发现人们的秘密,然后让他们给他封口费。"

她停下来喘了口气。

"好吧,恐怕我帮不了您了。"

"您已经帮了我很多了。"波洛说,"那个据说逃跑了的外国女孩去哪儿了呢?"

"我觉得,走不远。'铃儿响叮咚,猫咪在井中'。无论如何,我一直这么想。"

第十七章

"很抱歉,夫人,我想跟您说几句话,可以吗?"

奥利弗夫人正在她朋友家的走廊上向外张望,看赫尔克里·波洛到了没有——他刚才打电话说马上就过来见她。

一位穿着整洁的中年妇女站在那儿,戴着棉手套的手紧张地来回搓着。

"什么事?"奥利弗夫人说,语气里多了几分疑问。

"很抱歉打扰您,夫人,但是我想——呃,我想……"

奥利弗夫人听着,没有试图催促她。她很纳闷是什么让这个女人这么忧心。

"我想我没认错,您就是写小说的那位夫人,对吗?关于犯罪和谋杀之类的小说。"

"是的,"奥利弗夫人说,"就是我。"

她的好奇心已经被激起来了。这是要签名或者签名照的开场白吗?谁也不知道。最不可能的事都发生过。

"我想您就是能告诉我该怎么做的那个人了。"那个女人说。

"您坐下说吧。"奥利弗夫人说。

她可以预知这位某某夫人——她戴着婚戒,肯定是一位夫人——是那种需要花些时间才能说到正题的类型。对方坐下,继续搓着手。

"您在担心什么吗?"奥利弗夫人说,尽力把话题引上正轨。

"好吧,我需要有人给我出主意,真的。是关于很久以前发生的一些事,我当时并不担心。但是您能明白,事情总是这样。你反复思量一些事,然后你希望能找一个人问一问。"

"我明白了。"奥利弗夫人说,希望借这句华而不实的话激起她的信心。

"看看最近发生的这些事,您永远也想不到,是吧?"

"您的意思是——"

"我是说万圣节前夜晚会上发生的那件事。我的意思是,这让我们知道这里有不可靠的人,不是吗?也让人明白以前发生的一些事跟你原来想的是不一样的。我是说那些事可能不是你想的那样,如果您能明白我的意思。"

"哦?"奥利弗夫人说,这个字的疑问语气又加重了几分,"我还不知道您的名字,"她补充说。

"利曼,利曼夫人。我帮这里的女士们做一些清扫工作。从五年前我丈夫去世后就开始了。我为卢埃林-史密斯夫人工作过,就是在上校和韦斯顿夫人之前住在石矿府的那位女士。我不知道您以前认不认识她。"

"不,"奥利弗夫人回答说,"我不认识她。这是我第一次来到伍德利社区。"

"我知道了,好吧,那您应该对那时候的事和传言不太了解。"

"我来这儿的这段时间听说了一些。"奥利弗夫人说。

"您知道,我一点也不了解法律,我总是怀疑这是一个法律问题。我是指,得找律师。但他们会把事情弄得更乱,而且我也不想去警察局。只是个法律问题,跟警察没关系,不是吗?"

"可能吧。"奥利弗夫人颇为谨慎地答道。

"您也许知道那会儿他们说的捕鱼——我不确定,听着像捕鱼的一个词。我的意思是像什么鱼。"

"遗嘱的补遗?"奥利弗夫人提示道。

"对,就是这个。我说的就是这个。卢埃林-史密斯夫人,您知道,写了一条捕——补遗,把她所有的钱都留给照顾她的那个外国女孩。很让人意外,因为她有亲戚住在这里,她也是为了离他们近点才搬来的。她对他们很好,尤其是德雷克先生。所以人们都觉得很可疑,确实。然后律师们,您看,他们开始说话了。他们说卢埃林-史密斯夫人根本没写这条补遗。是那个外国女孩自己写的,看吧,钱不是都留给她自己了吗?他们还说要起诉她。德雷克夫人还要推翻那份遗嘱——好像是这个词。"

"律师们要检验那份遗嘱。对,我确实听过这些事。"奥利弗夫人鼓励道,"您是不是知道什么内情?"

"我没什么恶意的。"利曼夫人说,声音里稍微有些抱怨,这种抱怨奥利弗夫人以前听到过好几次。

利曼夫人,她暗想,也许不是什么可以信赖的人,很可能爱窥探别人的隐私,在墙角偷听。

"我那时候什么都没说,"利曼夫人说,"因为您知道,我当时也不确定。我只是觉得很奇怪,夫人,您明白事理,我向您承认,我确实想知道事情的真相。我为卢埃林-史密斯夫人工作过一段时间,真的,我真想知道究竟是怎么回事。"

"的确。"奥利弗夫人说。

"如果我觉得我做了什么不该做的事,当然,我早就承认了。但是我不觉得我真的错了,至少当时不觉得。您能明白吧?"她补充道。

"哦,是的,"奥利弗夫人说,"我想我能明白。您继续说,关于那条补遗。"

"是的,有一天卢埃林-史密斯夫人——那天她不太舒服,所以她把我们叫了进去。有我,另一个是小吉姆,他在花园帮忙,搬树枝搬煤之类的。我们进了她的房间,她坐在桌子前,面前放了些文件。然后她对那个外国女孩说——我们都叫她奥尔加小姐——她说:'你先出去,亲爱的,因为这部分你不能参与。'大概是这个意思。所以奥尔加小姐就走出了房间。然后卢埃林-史密斯夫人让我们走近些,她说:'这是我的遗嘱,就是这个。'她拿了几张吸墨纸把遗嘱的上半部分盖住了,但是下半部分看得很清楚。她说:'我要在这张纸上写一些东西,我希望你们能见证这是我亲笔写的,下面是我亲笔签的名。'说完她就开始在纸上写字,她总是用钢笔,从来不用圆珠笔什么的。她写了两三行字,签上了她的名字。然后她对我说:'现在,利曼夫人,在这里签上你的名字。名字还有地址。'接着对吉姆说:'你把名字写在下面这里,地址,写在这里。好了,这就行了。现在你们看见是我亲笔写的,还有亲笔签名,你们也都签上了名字。这就有效了。'然后她说:'就这些,谢谢你们。'我们就出去了。好吧,当时我并没有多想。但是当我回过头去关门的时候,您知道那扇门总是关不严,得使劲拉一把,咔嗒响了才行。我当时就在关门,我不是故意要看,如果您明白我的意思——"

"我明白。"奥利弗夫人含糊其辞。

"我正好看见卢埃林-史密斯夫人费力地从椅子上站起来——她有关节炎,动的时候有时候会疼——走到书架前,从上面抽出一本书,把她刚签的那张纸——那张纸装在一个信封里——夹进那本书里。一本又宽又厚的书,她把那本书放回了书架底层。好吧,之后我再没想过它。没有,我真没有。但是再想起来的时候,好吧,我当然觉得——至少,我——"她停了下来。

奥利弗夫人的作家直觉发挥了作用。

"但是肯定,"她说,"没过多久您就——"

"好吧,我跟您说实话。我承认我很好奇。毕竟,我是说,当你签了什么东西,你会想知道你签的是什么,不是吗?我是说,这就是人的天性。"

"是的,"奥利弗夫人说,"这就是人的天性。"

好奇,她想,在利曼夫人的天性中占了很大比重。

"我承认第二天……那天卢埃林-史密斯夫人去曼彻斯特了,我像平常一样打扫她的卧室——实际上是卧室兼起居室,因为她必须多休息。然后我想,好吧,人们真应该知道自己签的是什么。我是指人们分期付款买东西的时候总是说,你不应该放过任何一个印刷字母。"

"在这件事里面,是手写字母。"奥利弗夫人说。

"所以我想,好吧,看看也没关系,我又不是要偷东西。我是说我已经签上名字了,我觉得我应该知道自己签的是什么。我就在书架上找起来,反正书架也要擦的。我找到了那本书,在书架底层。那是一本很古老的书,维多利亚女王时期的书。我找到了装着一些折起来的纸的信封,那本书的名字叫《探寻一切奥秘》,跟当时的情况很像——有几分像,您明白我说的吗?"

"是的,"奥利弗夫人说,"您说得很清楚。所以您就拿出那张纸,看了上面的字。"

"没错,夫人。我不知道我做得对不对,但是反正已经看了。毫无疑问那是一份法律文件。最后一页纸上是她前一天早上写的东西。字迹很新,是她用一只新钢笔写上去的。还是很容易认出来的,尽管她写的字又长又尖。"

"那上面写的是什么呢?"奥利弗夫人问,她的好奇心和当初利曼太太的不相上下。

"好吧,她写了一些,我能想起来的——准确的词句我记不清了——是关于一条补遗,除了遗嘱里提到的那些遗物,她把所有的财产都赠给奥尔加——我不确定她姓什么,是塞开头的,塞米诺娃之类的——以感谢她在她生病期间无微不至的关怀和照顾。她在下面签了名,后面是我和吉姆的签名。然后我就把它放回了原处,因为我不想让卢埃林-史密斯夫人知道我乱动她的东西。

"但是,好吧,我对自己说,好吧,太让人吃惊了。想不到那个外国女孩能得到她所有的钱。我们都知道卢埃林-史密斯夫人非常有钱。她丈夫是造船商,给她留下了一大笔财富。好吧,有的人真是太幸运了。跟您说,我本人并不是很喜欢奥尔加小姐。她有时很尖刻,而且脾气很坏。但是我必须说,她对那位老太太一直很关心,很有礼貌。她为自己铺了后路,好吧,还侥幸成功了。我想,好家伙,一点钱也不留给她的家人,也许她是和他们吵架了,过不了多久气消了,她就会撕了这份遗嘱,重新立一份或者再写一条补遗。但是反正,当时就是这样,然后我就把它放回去了,也忘了这件事。

"但是当遗嘱出现纠纷的时候,有流言说遗嘱是伪造的,说那条补遗绝不是卢埃林-史密斯夫人亲笔写的——他们就是这么说的,说根本不是老太太亲笔写的,而是别人写的——"

"我明白了。"奥利弗夫人说,"那然后呢,您做了什么?"

"我什么也没做。这也是我为什么担心……我一时没有摸清情况。当我有些明白了的时候,我不知道该怎么做才对,然后我想,都是说说而已,律师原来也和其他人一样都不会偏向外国人。我自己就不是很喜欢外国人,我承认。无论如何,事实就是这样。那个年轻的女孩总是到处炫耀,还摆架子,和潘趣①一样自得其乐,我就想,可能这都是法律问题,他们会说她没权拥有这笔钱,因为她不是老太太的亲戚。所以什么都不会改变。在某种程度上也确实是这样,因为,您看,他们放弃了起诉。最后根本没有开庭,而据大家所知,奥尔加小姐逃走了。逃回了中欧的某个地方,她就是从那儿来的。看起来就像是她使了一些诡计。也许是她威胁老太太让她那么做的。我们永远不知道,对吧?我有一个快要当医生的侄子说,用催眠术能做很多奇妙的事。我觉得可能是她把老太太催眠了。"

"这是多久以前的事?"

"卢埃林-史密斯夫人死了——让我算算,快两年了。"

"这件事没让您烦恼吗?"

"没有,没让我烦恼。当时没有。因为您知道,我没觉得那有多大关系。一切都很正常,毫无疑问是那位奥尔加小姐想要把钱卷走,我觉得没什么必要——"

"但是现在您改变看法了?"

"都是那桩残忍的谋杀——那个被摁进一桶漂着苹果的水里的孩子,说了什么谋杀的事,说她看到或者知道关于一场谋杀的事。我才想到也许是奥尔加小姐杀了那位老太太,因为她知道那笔钱将会留给她。然而出现麻烦,律师和警察都掺和进来的时候她又开始害怕了,于是她就逃跑了。所以这时候我觉得,好吧,

---

①著名木偶戏《潘趣和朱迪》中的男主人公,形象狰狞,行为恶劣,而且总能逃脱制裁。

或者我应该——哦，应该告诉什么人，然后我就想到了您，您肯定有朋友在法律部门，或者有朋友是警察。您得帮我解释，我只是在擦书架，但是那张纸就夹在书里，而我把它们放回了原处。我没把它拿走，也没拿任何东西。"

"但那件事是事实，对吗？您看到卢埃林-史密斯夫人在她的遗嘱上写了一条补遗，您看见她签上了她的名字，您自己还有那位吉姆都在那儿，而且也签上了你们的名字。就是这样的，不是吗？"

"对。"

"那么既然你们都看见卢埃林-史密斯夫人签名了，那么那个签名就不是伪造的，对吧？肯定不是，如果你们都看见了。"

"我看见她自己写的，绝对是事实。吉姆也会这么说，只是他去了澳大利亚。一年多以前去的，我不知道他的地址什么的。反正他也不是本地人。"

"您想让我做什么呢？"

"好吧，我希望您告诉我，我应该说什么或者做什么——现在。没人问过我。没人问过我是不是知道一份遗嘱的事。"

"您的名字是利曼。那洗礼名是什么呢？"

"哈莉特。"

"哈莉特·利曼。吉姆，他姓什么呢？"

"哦，是什么来着？詹金斯。对，詹姆斯·詹金斯。如果您能帮我就太谢谢您了，这让我很困扰，您知道。麻烦接踵而至，如果是奥尔加小姐做的，她杀了卢埃林-史密斯夫人，我是说，小乔伊斯看见她杀人了……那个奥尔加小姐，当她从律师那儿听说她会得到一大笔钱的时候，她是那么洋洋得意。但是当警察来问话的时候，一切就都不同了，她非常突然地走了，很突然。没人问过我任何事。但是现在我忍不住怀疑,当时是不是应该把这些事说出来。"

"我觉得,"奥利弗夫人说,"您必须把这个故事告诉卢埃林－史密斯夫人的律师。我相信一个好的律师能理解您的感受和动机。"

"嗯,我相信您会为我说句话的。您明白事情的来龙去脉,您告诉他们,我不是故意……呃,没有做任何不忠诚的事。我是说,我做的一切——"

"您所做的只是保持沉默,"奥利弗夫人说,"这听起来是个很合理的解释。"

"如果您能帮我……先为我说句话,您知道,解释一下,我会非常感激您。"

"我会尽力的。"奥利弗夫人说。

利曼夫人瞟了一眼花园小路,看到一个衣着整洁的身影正在走近。

"好的,谢谢您。他们说您是一位非常友善的女士。太感谢您了。"

她站起来,重新戴上手套,之前她苦恼得一直搓手,把手套都搓掉了。她轻轻点了点头,快步离开了。奥利弗夫人等波洛走近。

"过来,"她说,"坐下。你怎么了?看起来很不好。"

"我的脚太疼了。"赫尔克里·波洛说。

"都是你这双难受的黑漆皮鞋。"奥利弗夫人说,"坐下。先说你想说的,然后我会告诉你一件让你意外的事!"

第十八章

波洛坐下来,把腿伸直,说:"啊!舒服多了。"

"把鞋脱了,"奥利弗夫人说,"让你的脚放松放松。"

"不,不,我不能那么做。"这个提议让波洛很震惊。

"喂,我们都是老朋友了,"奥利弗夫人说,"就是朱迪思出来看见了也不会介意的。别介意我这么说,你就不该在乡下穿黑漆皮鞋。为什么不给自己买双舒服的绒面鞋呢?或者那些看起来像嬉皮士的年轻人穿的那种?你知道,那种鞋一蹬就穿进去了,而且永远不用擦——很明显,某种先进的工艺能让它们自行清洁。节约人力的小花招。"

"我才不会喜欢那种东西,"波洛严厉地回绝,"不,绝对不要!"

"你的毛病就是,"奥利弗夫人说,一边拆开桌子上的一个很明显是新买来的包裹,"你的毛病就是你总是坚持衣冠楚楚。你更在意你的穿着、你的胡子还有你的样子,而不在意是不是舒服。现在舒服才是最重要的事情。人一旦过了,比方说,五十岁,舒服就是唯一重要的了。"

"夫人,亲爱的夫人,我可不同意您的说法。"

"嗯,你最好同意,"奥利弗夫人说,"不然,你的身体会很受损伤,岁数越大身体越差。"

奥利弗夫人从纸袋里掏出一个包装很华丽的盒子,把盖子揭开,从里面拣出了一个小东西,送进了嘴里。然后舔了舔手指,又在手帕上擦了擦,然后含含糊糊地嘟囔道:"黏死了。"

"你不吃苹果了吗?我每次见你,你手里都有一袋苹果,要不就是在吃,要不就是袋子破了,苹果撒了一地。"

"我告诉过你,"奥利弗夫人说,"我已经告诉你了,我再也不想看见苹果了。不要。我讨厌苹果。我猜或许有天我能缓过来再接着吃苹果,但我也不会喜欢苹果带来的联想。"

"你现在吃的是什么?"波洛拿起那个色彩鲜艳、上面画着一棵椰枣树的盖子,"突尼斯椰枣。"他读道,"啊,开始吃枣啦。"

"没错,"奥利弗夫人说,"枣。"

她又捡起一颗枣放进嘴里,吐出枣核,把它扔进了灌木丛里,然后接着嚼起来。

"枣,"波洛说,"这很特别。"

"吃枣有什么特别的?大家都会吃。"

"不,不,我不是指那个。不是吃不吃。特别的是这个词的发音就像——日期①。"

"为什么?"奥利弗夫人问。

"因为,"波洛说,"你一次又一次地暗示了我要走的路,你是怎么说的,我应该走或者已经走了的路。日期,直到现在我才明白事情发生的日期是多么重要。"

"我看不出日期跟这件案子有什么关系。我是说,这件案子并没有涉及日期。整件事情发生在多久——才五天之前。"

---

①英文中枣和日期都是 date。

"案子发生在四天前。对,一点没错。但是对现在发生的每一件事来说,都有一个过去。每一个过去都融进了今天,却存在于昨天、上个月或者去年。现在的根源都在过去。一年、两年、甚至三年前发生了一场谋杀。一个女孩目睹了那场谋杀。而正因为很早之前那个孩子看到了那场谋杀,所以她才会在四天前被杀。不是这样吗?"

"是,是那样。至少,我猜是。也可能根本不是这样。可能就是一个精神错乱的杀人狂,在他心里,玩水就是把一个人的脑袋摁进水里,然后一直摁着。可能就是那种精神不正常的少年在晚会上的一点乐趣。"

"您当初找我的时候可不是这么认为的,夫人。"

"不,"奥利弗夫人说,"不,我当时不这么认为。我那时不喜欢这件事的感觉,现在还是不喜欢。"

"我同意。我觉得你说得对。如果不喜欢这些事,就必须知道真相。我很努力地——也许你不这么认为——在调查真相。"

"就通过到处闲逛跟人们谈话,看他们善不善良,然后问他们问题,来调查真相?"

"就是这样。"

"那你查到什么了?"

"事实,"波洛说,"可以按日期排列起来的事实。"

"就这些?还查到别的了吗?"

"还有就是没有人相信乔伊斯·雷诺兹说的话。"

"当她说她看到有人被杀的时候?但是我听到她说了。"

"是的,她说了。但是没人相信那是真的。因此,很可能,那不是真的。她没见过那些。"

"我感觉,"奥利弗夫人说,"你的调查不仅没有让你停留在原地或者前进，反而让你倒退了。"

"事情必须保持一致性。比如说伪造，伪造的事实。所有人都说那个外国女孩，那个互换生女孩，尽力讨一个时日不多但是很有钱的寡妇的欢心，于是老太太就留下一份遗嘱，或者说一条遗嘱的补遗，把所有的钱都留给这个女孩了。是那个女孩伪造了遗嘱还是别人伪造的呢？"

"谁还可能伪造遗嘱呢？"

"这个村子里还有一个会伪造的人。那个人曾因为仿造被起诉过，但因为是初犯，并且情有可原，就被从轻处罚了。"

"是个新人物吗？还是我认识的？"

"不，你不认识他。他死了。"

"哦？什么时候？"

"大概两年前。确切时间我现在也不知道。但我会知道的。他做过伪造的勾当，还在这里住过。而且因为某种因嫉妒和感情纠葛引发的女孩方面的麻烦，在一天晚上被人用刀砍死了。我有个主意，你看，很多独立的小事之间的联系可能比我们任何人所想的都要紧密得多。不是所有的都这样。可能不能都连起来，但是有一些可以联系到一起。"

"听起来很有意思，"奥利弗夫人说，"可我看不出来——"

"我现在也看不出来，"波洛说，"我觉得日期会有用。一些事发生的日期，那时人们在哪儿，发生了什么，在做什么。每个人都认为那个外国女孩伪造了遗嘱，可能，"波洛说，"大家的想法是对的。她是获益者，不是吗？等等，等等——"

"等什么？"奥利弗夫人问。

"我脑子里闪过一个想法。"波洛说。

奥利弗夫人叹了口气，然后又拿起了一颗枣。

"你要回伦敦了吗,夫人?还是在这儿多待一段时间?"

"后天。"奥利弗夫人说,"我不能再待在这了,我还有好多事要处理。"

"告诉我,现在——你的公寓,你的房子,我想不起来是哪个了,你最近搬家太频繁了,有客房吗?"

"我从不承认有。"奥利弗夫人说,"一旦你承认你在伦敦空着一间客房,就有人会去住。所有的朋友——不仅是朋友,还有那些泛泛之交,有时候甚至泛泛之交的堂、表兄妹,都会写信给你,问你介不介意让他们住一晚。好吧,我很介意。要准备床单、换洗衣服、枕头什么的,还要准备早茶,有的还要给他们提供饭菜。所以我永远不会说我有一间空房。我的朋友能来和我住在一起,我真正想见的人,但是其他人——不,我帮不上忙。我不喜欢被利用。"

"谁会喜欢?"赫尔克里·波洛说,"你很聪明。"

"不过,你问这个做什么?"

"你得收留两位客人,可以满足我的要求吗?"

"我能。"奥利弗夫人说,"你想让谁住过去?不是你本人。你自己有栋很豪华的公寓。很现代,非常抽象,到处都是方方正正的。"

"只是想做好明智的预防措施。"

"为谁?还有人会被杀吗?"

"我祈祷不会,但不排除这种可能。"

"是谁?谁?我不明白。"

"你对你的朋友了解多少?"

"对她的了解?不是很多。我是指,我们在旅行途中一见如故,习惯在一起待着。她很——我该怎么说呢?她很独特,与众不同。"

"你想过有一天把她写进你的书里吗？"

"我很讨厌这种说法。人们经常这么对我说，但并不是那样。不全是。我不会把我遇到的人、我认识的人写进书里。"

"那这么说对不对，夫人，你有时候确实会把一些人写进书里？你遇见的那些人，而不是你认识的人们——这一点我也同意，那样就没意思了。"

"说得很对，"奥利弗夫人说，"你有时候真的特别擅于猜测。确实是这么回事。我是说，你看见一个胖女人坐在公交车里吃葡萄干面包，她的嘴唇一张一合的。你可以想象她是在跟谁说话，或者思考稍后要打的一个电话或者是要写的信。你看着她，观察她的鞋、她的衬衫和帽子，猜测她的年龄，看她有没有戴婚戒，等等。然后你就下车了。你不想再见到她了，但是你的心里已经有了一个故事：某位卡纳比夫人正坐公交回家，她刚刚在某个地方经历了一场奇怪的会面，她在一家蛋糕店看见了一个人，一个她以前见过一次，而且听说已经死了的人，但是显然他没死。天啊，"奥利弗夫人停下来喘了口气，"你知道，这是真的，我离开伦敦的时候在公交车上就坐在那样一个人对面，我就想出了这个故事，已经成形了。我很快就能编出完整的故事。一连串要发生的事，她回到家会说什么，会不会给她或者别人带来危险。我甚至知道她的名字。她叫康斯坦斯。康斯坦斯·卡纳比。可是有一件事会把它全毁了。"

"什么事？"

"好吧，我是说，如果我在另一辆公交上又碰到她了，或者跟她说话，或者她跟我说话了，我开始有些了解她。这都会把一切毁了，毫无疑问。"

"对,对。这个故事必须是你的,里面的人物也是你的。她是你的孩子。你把她塑造出来,你开始了解她,知道她的感受,知道她住哪儿,知道她会做什么。但是这些都来源于一个真的、活生生的人,如果你追查现实生活中那个人的样子——那么,就不会有故事了,不是吗?"

"又说对了。"奥利弗夫人说,"至于你说朱迪思的话,我觉得是真的。我是说,我们旅行途中总是在一起,一起去各处参观,但是我并不是特别了解她。她是个寡妇,她的丈夫死了,没给她留下什么钱,只留下一个孩子,米兰达,你已经见过了。我确实对她们有些奇怪的感觉,感觉她们有什么事,就好像她们参与了一出很有趣的戏剧。我不想知道那台戏是什么样的,也不想让她们告诉我。我想写一出我希望她们演的戏。"

"是的,是的,我能看出她们是……好吧,阿里阿德涅·奥利弗夫人新的畅销书的角色候选人了。"

"你有时候太讨厌了,"奥利弗夫人说,"你说的这些听起来太庸俗了。"她停下来沉思了一会儿,"不过,也许正是这样。"

"不,不,这不是庸俗。这是人性。"

"你想让我邀请朱迪思和米兰达去我伦敦的公寓?"

"还不一定,"波洛说,"我要先确定我那个小念头对不对。"

"你和你的小念头!我有个新消息要告诉你。"

"夫人,你让我高兴。"

"别太肯定。很可能会打乱你的想法。如果我告诉你你一直谈论的仿造根本不是仿造呢?"

"你说的是怎么回事?"

"阿·琼斯·史密斯夫人,哦,管她叫什么名字呢,确实在她的遗嘱上写了一条补遗,把她所有的钱都留给互换生女孩。有两个见证人看着她签字，并且当着彼此的面在上面签字了。你仔细想想吧。"

第十九章

"利曼——夫人——"波洛边说便把名字写下来。

"对,哈莉特·利曼。另一个见证人好像是詹姆斯·詹金斯,说后来去了澳大利亚。奥尔加·塞米诺娃小姐据说是回她的家乡了,捷克斯洛伐克还是什么地方。所有人好像都去别的地方了。"

"你觉得利曼夫人可信吗?"

"我觉得不是她编的,如果你是想问这个的话。我觉得她确实签了什么东西,她很好奇,所以她第一时间抓住了机会,弄清了她签的到底是什么。"

"她会读写?"

"我猜会。但是我同意,人们通常很难辨认一个老太太写的字。那些字又尖又长,很难认出来。如果后来传出了很多关于遗嘱或补遗的流言,她可能会认为那就是她看到的那份很难辨认的手迹。"

"一份真的文件,"波洛说,"但是还有一条伪造的补遗。"

"谁说是伪造的?"

"律师们。"

"也许根本不是伪造的呢。"

"律师在这方面很谨慎。他们准备请专家在法庭上作证。"

"哦,好吧,"奥利弗夫人说,"那就很容易知道后面发生什么了，不是吗？"

"什么容易？发生了什么？"

"好吧，当然，第二天，或者几天之后，或者甚至一星期之后，卢埃林－史密斯夫人和全心服务她的互换生侍女发生了一些争吵，或者是她和她的侄子雨果或者侄媳罗伊娜和解了，所以她就撕毁了那份遗嘱，或者把补遗之类的划掉了，或者干脆把那些都烧了。"

"然后呢？"

"嗯，那之后，我猜，卢埃林－史密斯夫人死了，那个女孩就抓住机会尽力模仿卢埃林－史密斯夫人的笔迹写了一条新补遗，并且模仿两位见证人签了名。她可能很清楚利曼夫人的笔迹，可能在健康卡或者什么上面见过，然后她也把她的名字签上了，觉得有人会承认见证过这份遗嘱，一切都会很顺利。但是她伪造得不太成功，所以引来了麻烦。"

"请允许我，亲爱的夫人，用一下您的电话，可以吗？"

"我允许你使用朱迪思·巴特勒的电话，是的。"

"你的朋友去哪儿了呢？"

"哦，她去做头发了。米兰达去散步了。往前走，在从窗户穿过去的那个房间里呢。"

波洛走进去，十分钟之后回来了。

"怎么样？你干什么去了？"

"我给富勒顿先生打了通电话，他是当时的律师。我现在告诉你一些事。那份补遗，遗嘱检验时的那份伪造的补遗并不是利曼夫人见证的。是一位已故的玛丽·多尔蒂，她曾经在卢埃林－史密斯夫人家工作过，但是不久前死了。另一位见证人是詹姆斯·詹金斯，他，如你的朋友利曼夫人所说，离开这儿去澳大利亚了。"

"所以，确实有一份伪造的补遗，"奥利弗夫人说，"而且似乎也有一份真的补遗。看啊，波洛，这是不是变得更错综复杂了？"

"变得太复杂了，"赫尔克里·波洛说，"这里面，要我说，这里面有太多伪造了。"

"也许那份真的还在石矿府的藏书室里呢，在《探寻一切奥秘》里面夹着。"

"我听说卢埃林-史密斯夫人死后，除了几件老家具和照片，别的都被卖了。"

"我们需要的，"奥利弗夫人说，"就是像《探寻一切奥秘》这样的东西。很可爱的书名，不是吗？我记得我祖母就有一本。你能在里面找到任何你想要的答案。诸如法律信息，食谱，怎样洗掉亚麻布上的墨点，怎样自制不伤皮肤的粉饼，哦——还有很多很多。是的，你现在不想要这么一本书吗？"

"毫无疑问，"赫尔克里·波洛说，"它能告诉我怎么能让脚不累。"

"我觉得有很多方法。但是为什么你不穿一双适合在乡下穿的鞋呢？"

"夫人，我希望我的外表看起来整齐些。"

"好吧，那你继续穿你那些挤脚的鞋子，自己忍着吧。"奥利弗夫人说，"所有事，我现在都不太理解了。利曼夫人跟我说的都是假话吗？"

"这很有可能。"

"有人让她来说假话？"

"也有可能。"

"有人花钱让她把那些假话说给我听?"

"继续,"波洛说,"接着说,说得很好。"

"我猜,"奥利弗夫人若有所思地说,"那位卢埃林-史密斯夫人跟其他很多富人一样,喜欢写遗嘱。我觉得她生前写过很多份遗嘱。你知道,受益人总是换来换去,来回换。反正德雷克一家也很有钱。我猜她每次都至少会留给他们一大笔钱,但是我怀疑她会不会给别人那么多钱,鉴于利曼夫人所说的,还有受益人写着奥尔加的那份伪造的遗嘱。我必须承认,我想多了解一点奥尔加的情况了。她消失得似乎太彻底了。"

"我希望很快就能知道更多她的情况。"赫尔克里·波洛说。

"怎样知道?"

"我很快就能收到消息。"

"我知道你一直在打探这里的消息。"

"不只是这里。我在伦敦的助手在为我收集国内外的信息。我可能很快就能收到来自黑塞哥维那的消息。"

"那你会查到她到底回去了没有吗?"

"这一点我应该会知道,不过更有可能得到另一种消息——她在这个国家期间很可能写过信,信里面提到她在这里交的朋友,特别是知己。"

"那个学校老师怎么样?"奥利弗夫人问道。

"你指哪个?"

"被掐死的那个——伊丽莎白·惠特克跟你说的那个?"她补充道,"我不是很喜欢伊丽莎白·惠特克。烦人的女人,但是聪明,我得承认。"她又恍惚地补充道,"想到她会杀人我一点也不奇怪。"

"掐死另一位老师,是这个意思吗?"

"我得把所有的可能性都考虑到。"

"如往常一样,我会信赖您的直觉,夫人。"

奥利弗夫人一边吃着枣,一边沉思起来。

第二十章

离开巴特勒夫人家的时候,波洛走的是米兰达带他来的那条路。篱笆上的缺口看起来好像比上次大了一些。有人,或许比米兰达体型稍大一些,也从这里钻过。他顺着小路走进石矿花园,再一次被这里的美景吸引。一个美丽的地方,可是不知怎么回事,波洛总有一些感觉——上次也是——这是一个诡异的地方,充满着异教徒的冷酷无情,让人觉得那些弯曲的小路上有小精灵在追捕猎物,或者一位冷酷的女神在命令人们献祭贡品。

他能理解为什么人们不来这里野餐。出于一些原因,人们不愿意带着煮熟的鸡蛋和生菜、橙子来坐在这里,开着玩笑,热热闹闹地玩耍。这里的气氛不一样,很不一样。也许,他突然想,如果卢埃林-史密斯夫人没有把这里弄成这种仙境般的效果,可能会好一些。可以把石矿改造成一个没有这种气氛的普通的地下花园。但她是一个野心勃勃的人,野心勃勃而又非常富有。又有一两个瞬间,他想到了遗嘱,富太太们立的那种遗嘱,富太太们在遗嘱上撒的谎,藏遗嘱的地方,然后他又试着去想一份伪造的遗嘱。毫无疑问拿去检验的那份遗嘱是伪造的。富勒顿先生是一个谨慎且有能力的律师,这一点是肯定的。而且他是那种没有充足的证据和把握,不会轻易建议客户提起诉讼或采取法律程序的律师。

他沿着小路拐了个弯，发觉比起思考，他的脚现在更重要。要不要抄近道去斯彭斯警司家呢？

直线距离可能近些，可是走大路可能对他的脚更好些。那条近路上没有草也没有苔藓，上面布满了硬石块。波洛停了下来。

他面前有两个人。坐在一块凸出的岩石上的是迈克尔·加菲尔德。他膝盖上放着活页画簿，正在画画，他的注意力都集中在画上面。离他不远的地方，有一条从山上流下来的叮咚作响的小溪，米兰达·巴特勒站在小溪边。赫尔克里·波洛忘了他的脚，忘了人类身体的疼痛，再一次沉浸在人类的美丽之中。毫无疑问，迈克尔·加菲尔德是个美男子。波洛发现很难弄清自己究竟喜不喜欢迈克尔·加菲尔德。人们总是很难知道自己喜不喜欢好看的人。人们喜欢看美人，但是又本能地不喜欢美人。女人美丽还好，但是赫尔克里·波洛不确定他喜不喜欢男人的美。他本人并不想成为一个美男子，也从来没有机会成为美男子。赫尔克里·波洛对自己的长相唯一满意的一点就是他的胡子，特别是经过清洗、保养、修剪过之后它的样子，是那么壮观。他认识的人里面没有谁的胡子有他的一半好。他从来称不上潇洒或好看，当然更称不上美丽了。

而米兰达呢？他再次思考，是她的严肃让她这么吸引人吗？他很想知道她的脑子里都在想些什么。那是人们永远都不会知道的东西。她不会轻易把她的想法说出来。他怀疑即使你问她，她也不会告诉你。她的想法很单纯，他想，同时也很深入。他也感觉到她很脆弱，非常脆弱。他还知道一些关于她的事，也许是他以为他知道，目前为止还都只是想象，不过也已经基本肯定了。

迈克尔·加菲尔德抬起头来说："哈！胡子先生来啦。下午好，先生。"

"我能看看您在画什么吗？会妨碍到您吗？我不想打扰您。"

"看吧，"迈克尔·加菲尔德说，"对我没影响。"他轻轻补充道，"我很享受这个过程。"

波洛走到他身后。他点点头。那是一幅非常精美的铅笔素描，细密得几乎看不到明显的线条。这个人很会画画，波洛想，不仅仅会设计园林。他低声说："完美！"

"我也这么觉得。"迈克尔·加菲尔德说。

不知道他指的是他正在画的这幅画，还是坐在那边的模特。

"为什么？"波洛问。

"为什么要画？您认为我有原因？"

"可能有。"

"您说对了。如果我离开这儿了，这里会有一两样我想记住的东西，而米兰达就是其中之一。"

"您会很容易忘记她吗？"

"会的，我就是这样。总会忘记什么事或什么人，不能想起一张脸、一个转身、一个姿势、一棵树、一朵花或者一处地形；知道它是什么样子，但是眼前却看不到那些影像，有时候会——该怎么说呢——让人痛苦。看见了，把它记录下来，不然就会消失。"

"石矿花园不会，它不会消失。"

"您认为不会吗？很快就会的。如果没有人打理很快就会消失。会被大自然接管，您知道。它需要爱护、关心、照顾和技巧。如果是一个委员会接管的——现在这种情况很普遍——那么它就会被'开发'。他们会在里面种上最新品种的灌木丛，开辟新的小路，每隔一段距离就设个座位，甚至还会竖起垃圾桶。哦，他们非常细心、非常善意地想要保持原貌，但是你保护不了这一切。它是天然的。让东西保持天然要比保护它困难得多。"

"波洛先生。"米兰达的声音从小溪边传来。

波洛向前走去,以便能听清她说话。

"没想到你在这儿。你是专门来让他帮你画像的吗?"

她摇了摇头。

"我不是专门来的。只是碰巧而已。"

"是的,"迈克尔·加菲尔德说,"是的,只是碰巧。幸运有时候会降临到你身上。"

"你只是来你喜欢的花园散步吗?"

"其实,我是在找那口井。"米兰达说。

"一口井?"

"这片树林里以前有一口许愿井。"

"在原来的采石场里吗?我不知道他们还会在采石场打井。"

"以前采石场周围有一片树林,那里有许多树。迈克尔知道在哪儿,可是他不告诉我。"

"这样才更有意思,"迈克尔·加菲尔德说,"你继续寻找它,特别是你不确定它到底存不存在的时候。"

"古德博迪奶奶就都知道。"

她又补充说:"她是女巫。"

"没错,"迈克尔说,"她是本地的女巫,波洛先生。您知道,大多数地方都会有一个女巫。她们通常不称自己为女巫,但是所有人都知道她们是。她们能预知命运,会在你的秋海棠上施咒,或者让你的牡丹枯萎,或者让农民的奶牛不产奶了,还可能会制作催情药水。"

"那是一口许愿井,"米兰达说,"人们以前会来这里许愿。他们得围着它倒转三圈。那口井在山坡上,所以做起来挺不容易的。"她越过波洛看着迈克尔·加菲尔德,"总有一天,我肯定会找到它的,"她说,"即使你不告诉我。它就在这里的某个地方,只不过是被封起来了,古德博迪奶奶说的。哦!几年前的事。因为据说它很危险。几年前有个小孩——叫基蒂还是什么,掉进去了。可能还有别人掉进去过。"

"好,你继续这么想吧。"迈克尔·加菲尔德说,"这是本地的传说,但是在小白岭确实有一口许愿井。"

"当然,"米兰达说,"我知道那个,是一口普通的井。"她说,"每个人都知道那口井,挺傻的。人们往里面扔硬币,但是井里面早就没水了,连个水花也溅不起来。"

"哦,真遗憾。"

"等我找到了我就告诉你。"米兰达说。

"你不能总是相信女巫说的话。我不相信有小孩掉进去了。我猜是一只小猫掉进去淹死了。"

"铃儿响叮咚,猫咪在井中。"米兰达说。

她站起来。"我得走了,"她说,"妈妈肯定在等我呢。"

她小心地从凸起的石块上下来,冲着两位男士笑了笑,沿着小溪那边一条更崎岖的小路走了。

"'铃儿响叮咚',"波洛若有所思地说道,"人们总是相信他们愿意相信的东西,迈克尔·加菲尔德。她说没说对呢?"

迈克尔·加菲尔德若有所思地看了他一会儿,然后笑了。

"她说得很对,"他说,"是有一口井,像她说的那样,封起来了。我猜是因为它比较危险。我觉得那不是什么许愿井,只是古德博迪夫人编的故事而已。这里有一棵许愿树,或者曾经有。是半山腰上的一棵山毛榉树,人们确实绕着它倒转三圈许愿。"

"那棵树后来怎么了?人们现在不绕着它许愿了吗?"

"不了,我听说大概六年前它被闪电劈中了,劈成了两半。所以那个美好的故事也就消失了。"

"你告诉过米兰达这些吗?"

"没有,我宁愿她相信有一口许愿井。一棵被击毁的树对她来说没什么意思,不是吗?"

"我得走了。"波洛说。

"去您的警察朋友那儿?"

"是的。"

"您看起来很累。"

"我很累,"赫尔克里·波洛说,"特别累。"

"您穿帆布鞋或便鞋会舒服一些。"

"啊,那个,不行。"

"我明白了,您讲究着装。"他打量着波洛,"整体效果很好,特别是,如果让我说的话,您完美的胡子。"

"我很高兴,"波洛说,"你能注意到它。"

"太显眼了,谁都会注意到。"

波洛把头侧向一边,然后说:"你说你画这幅画是为了记住小米兰达。那意思是你要离开这里了吗?"

"我这么想过,是的。"

"尽管您,在我看来,在这儿住得挺好的。"

"哦,没错,完全正确。我有一座房子,虽然小,却是我自己设计的。我有我的工作,但是我已经不满足了。所以我的心又开始不安定了。"

"为什么您的工作不再让您满足了呢?"

"因为人们希望我做一些特别糟糕的事。他们希望我改善他们的花园,要不就是买了一块地,建了栋房子,然后让我设计个花园。"

"你不是为德雷克夫人管理花园吗？"

"她想让我弄，没错。我提了建议，她似乎也赞同。尽管我并不觉得，"他若有所思地补充道，"她是真心的。"

"你是说她不会按你说的做？"

"我是说她肯定会按她的想法做，尽管她会被我提出的一些设想吸引，但是她会突然要求一些根本不同的东西，一些功利的、昂贵的、浮华的东西。她会强迫我，我觉得。她会坚持实施她的方案。我不会同意，我们就会吵起来。不仅是和德雷克夫人，许多别的邻居也一样。我很清楚。我没必要总是待在一个地方。我可以去英格兰的另一个角落，也可以是诺曼底或者布列塔尼的某个角落。"

"一个你可以改善或帮助自然的地方？一个你可以种上从来没在那里生长过的植物做实验的地方？一个没有烈日也没有寒霜的地方？一片荒瘠的土地，让您可以像亚当一样从头再来？您一直这么不安定吗？"

"我从不在一个地方久待。"

"您去过希腊吗？"

"是的，我还想再去一次希腊。没错，那里有一些东西。希腊的一处山坡上有一个花园，里面可能有一些柏树，没什么别的。都是光秃秃的石头。但是如果你愿意，想弄成什么样不行呢？"

"一个让神行走的花园——"

"没错，您总能读懂人的心思，不是吗，波洛先生？"

"我也希望我能。有太多事我想要知道，但是还不知道。"

"您现在说的是那些很没意思的事，对吗？"

"不幸被您说中了。"

"纵火、谋杀,还是突然死亡?"

"差不多吧。我好像没考虑过纵火。告诉我,加菲尔德先生,您在这里住了也有一段时间了,您认识一个叫莱斯利·费里尔的年轻人吗?"

"认识,我记得他。他在曼彻斯特的律师事务所上班,对吗?富勒顿、哈里森和利德博德事务所。初级律师之类的。长得挺好看的一个小伙子。"

"他死得很突然,不是吗?"

"没错,有天晚上被人用刀砍死了。女人的麻烦,我猜。大家似乎都觉得警察知道凶手是谁,但是他们没有足够的证据。他好像是和一个叫桑德拉——一时想不起她姓什么了——桑德拉某某有纠缠。她的丈夫在当地开个小旅馆。她和小莱斯利有奸情,后来莱斯利又勾搭上了另外一个女孩。大概就是这么回事。"

"桑德拉吃醋了?"

"没错,她吃醋了。提醒您,他很招女孩,身边总是有两三个女孩围着他。"

"都是英国女孩吗?"

"我想知道您为什么这么问?不,我觉得他不会把自己局限在英国女孩里,只要她们能或多或少听懂他说的话,而他也能听懂她就行。"

"这附近总会有外国女孩来吗?"

"当然有。有什么地方不是这样吗?互换生女孩——她们是日常生活的一部分。难看的、可爱的、诚实的、不诚实的、给母亲们帮了很多忙的、毫无用处的,还有突然出走的。"

"像奥尔加一样?"

"对，跟奥尔加似的。"

"莱斯利是奥尔加的朋友吗？"

"哦，您是这么想的啊。是的，他是。我觉得卢埃林－史密斯夫人对此不是很清楚。奥尔加很谨慎，我觉得。她很严肃地说她希望有一天能回她的家乡跟某个人结婚。我不知道那是真的还是她编的。小莱斯利是个很有魅力的小伙子。我不知道他看上奥尔加哪一点了——她不怎么漂亮。但是——"他考虑了一两分钟，"她身上有一种热情。我猜一个年轻的英国人可能会觉得那很吸引人。反正莱斯利与她交朋友，他其他的女朋友都很不高兴。"

"这很有意思，"波洛说，"我认为您能告诉我我想要的信息。"

迈克尔·加菲尔德好奇地盯着他。

"为什么？这是怎么回事？莱斯利怎么卷进来的？怎么又说起过去的事了？"

"好吧，人们总想知道一些事，知道事情是怎么发生的。我还想再往前看。在奥尔加·塞米诺娃和莱斯利·费里尔两个人背着卢埃林－史密斯夫人见面之前。"

"哦，我不清楚。那只是我的——呃，只是我的想法。我的确经常见到他们在一起，但是奥尔加从没向我吐露过什么。至于莱斯利·费里尔，我一点也不了解他。"

"我还想了解在那之前的事。我听说，他曾经做过一些不光彩的事。"

"我想是这样的。对，呃，反正当地一直有这种说法。富勒顿先生接纳了他，希望可以让他改过自新。他是个好人，老富勒顿。"

"我听说他犯的是伪造罪？"

"对。"

"他是初犯，而且听说情有可原。他的母亲生病或者父亲酗酒之类的，所以就从轻处置了。"

"我没听说过细节。好像是他刚开始做手脚就被会计发现了，我知道得很模糊。只是道听途说而已。伪造，对，就是这个罪名。伪造。"

"卢埃林－史密斯夫人死后，她的遗嘱被送去检验，然后发现遗嘱是伪造的。"

"没错，我明白您的思路了。您认为这两件事彼此相关。"

"一个某种程度上很有前途的人，和这个女孩是朋友，而一旦遗嘱通过检验，这个女孩就能继承巨额财产的一大部分。"

"对，对，是这样。"

"这个女孩和进行伪造的那个人是亲密的朋友。他抛弃了原来的女友，转而和这个外国女孩在一起了。"

"您在暗示那份伪造的遗嘱是出自莱斯利·费里尔之手？"

"很有可能，不是吗？"

"据说奥尔加模仿卢埃林－史密斯夫人的笔迹非常像，但是我总觉得这一点很让人怀疑。她替卢埃林－史密斯夫人写信，可我觉得她们的字迹不会特别像，至少通不过检验。但如果她是和莱斯利一起做的，那就不一样了。我敢说他做得特别像，他自己也确信一定可以通过检验。不过他忘了，他第一次伪造就被查出来了，这一次也不会例外。我猜当丑行揭发出来的时候，律师开始制造各种麻烦和困难，专家也被叫去进行检验，并且问各种问题，然后她可能失去了勇气，跟莱斯利吵了一架，后来她就逃跑了，希望让他来承担罪责。"

迈克尔猛地摇了摇头。"您为什么在我美丽的树林里跟我谈这样一些事？"

"我想了解情况。"

"还是不知道的好。永远不知道才好呢。就让一切都保持原样。不要推动，不要探查，也不要揭穿。"

"您想要美丽，"赫尔克里·波洛说，"任何代价换来的美丽。而我，我想要的是真相。一直是真相。"

迈克尔·加菲尔德笑了起来。"去你的警察朋友家吧，让我留在我的天堂。远离我吧，撒旦。"

第二十一章

波洛爬上山坡。他突然感觉不到脚疼了。他想通了一些事。之前他一直觉得那几件事互相联系,但是又不知道是怎么联系起来的,现在他终于把事情始末理清了。他感觉到了危险——如果不采取行动阻止,有人随时会有危险。致命的危险。

埃尔斯佩斯·麦凯从门里出来迎接他。"您看起来累坏了,"她说,"进来坐会儿吧。"

"您哥哥在家吗?"

"不在。他去警察局了。我想是出了什么事。"

"已经出事了?"他很吃惊,"这么快?不可能。"

"啊?"埃尔斯佩斯说,"您是什么意思?"

"没什么,没什么。有人出事了,是吗?"

"对,但是我不知道到底是谁。反正蒂姆·拉格伦打电话让他过去。我去给您倒杯茶,好吗?"

"不用了,"波洛说,"谢谢您,我想,我想我得回家了。"他一想到那又浓又苦的茶就受不了,于是找了一个很好的理由来掩饰这种不礼貌。"我的脚,"他解释道,"我的脚。我穿的鞋不适合在乡间行走。我回去换双鞋应该好一点。"

埃尔斯佩斯·麦凯低头看看。"的确,"她说,"我能看出来它们确实不合适。黑漆皮鞋太挤脚了。对了,这儿有您一封信,贴的是外国邮票。来自国外——请松冠居斯彭斯警司转交。我去给您拿。"

一两分钟后,她拿回来了,把信递给波洛。

"如果您不要这个信封的话,能把它给我吗?我想给我侄子——他集邮。"

"当然。"波洛取出信,把信封递给她。她道了谢,然后就回屋去了。

波洛打开信纸读起来。

戈比先生在外国的办事能力跟在英国一样高效并且不惜花费邮资,以最快的速度把结果告诉波洛。

实际上,里面的信息并不多,波洛也没指望会有多少。

奥尔加·塞米诺娃没有回她的家乡。她的家人都去世了。她有一个朋友,一位老太太。奥尔加她一直断断续续地给她写信,告诉她自己在英国的生活。她和雇主的关系很好,虽然她的雇主有时候很严厉,但是很慷慨。

最后一次收到奥尔加的信是在一年半之前。信里提到了一个年轻人,还暗示他们在考虑结婚。但是那个年轻人,她没提到他的名字,她说他有自己的目标,所以现在一切都没确定。在最后一封信里,她高兴地提到他们未来的生活会是美好的。后来再没收到她的信,她那位忘年交就猜想奥尔加大概是和她那位英国小伙子结婚了,换了地址。女孩们去英格兰之后,这种事屡见不鲜。如果她们婚姻幸福,就不再写信了。

她没有担心。

这跟之前发生的事能对得上,波洛想。莱斯利可能提到过结婚,但是他根本不是认真的。据说卢埃林-史密斯夫人很"慷慨"。有人曾经给过莱斯利一大笔钱,可能是奥尔加(用她的雇主给她的工资)引诱他伪造一份受益人是她的遗嘱。

埃尔斯佩斯·麦凯又出来了,站在台阶上。波洛询问她关于奥尔加和莱斯利的关系。

她思索了一会儿。然后这位行家说话了。

"如果是这样的话,他们隐藏得够好的。从来没听过他们俩的流言。如果真有其事的话,在这么一个地方肯定会有风言风语的。"

"小莱斯利和一个已婚女人搞在一起,他可能警告那个女孩不能向她的雇主透露一点消息。"

"很有可能。史密斯夫人可能知道莱斯利·费里尔人品不好,于是告诫那个女孩别和他交往。"

波洛把信叠起来,放进口袋里。

"我去给您拿壶茶喝吧。"

"不,不用了,我得回旅馆换鞋了。您不知道您哥哥什么时候回来吧?"

"我不知道。他们没说让他去做什么了。"

波洛沿路走回他下榻的旅店,只有几百码远。他走到旅店门口时,门开了,旅店的老板娘,一位三十岁出头的女士,乐呵呵地跟他打招呼。

"有一位夫人来这里找您,"她说,"等了有一会儿了。我告诉她不知道您具体什么时候能回来,但是她说她要等您。"她补充道,"是德雷克夫人。她很焦躁不安,我能看出来。她平时无论发生什么事都那么冷静,但是这次我看她真的受到什么打击了。她在会客厅呢。需要我给您端些茶什么的吗?"

"不用了,"波洛说,"我想最好还是不用了。我先听听她要说什么。"

他打开门走进了会客厅。罗伊娜正在窗前站着,不是冲着前门的窗户,所以没看到他进来。听到门响,她猛地转过身来。

"波洛先生。您终于回来了。时间过得太慢了。"

"很抱歉,夫人,我在石矿树林跟我的朋友奥利弗夫人聊了会儿天,后来又跟两个男孩说了会儿话,尼古拉斯还有德斯蒙德。"

"尼古拉斯和德斯蒙德?哦,我知道了。我想知道——哦!人们总会想到这类事。"

"您很不安。"波洛温和地说。

他以为永远不会看见这种情形。罗伊娜·德雷克不安,不再对一切颐指气使,不再组织安排一切,把她的决定强加给别人。

"您已经听说了,是吗?"她问,"哦,算了,也许您还没听说。"

"我该听说什么了?"

"一件可怕的事,他——他死了。有人杀了他。"

"谁死了,夫人?"

"那么你真的还没听说。他还只是个孩子,我想——哦,我太傻了。我应该早告诉你。你问我的时候我就该告诉你。我感觉很难受,很自责,我知道得最清楚——但我不是故意的,波洛先生,我真的不是故意的。"

"坐下来,夫人,坐下。冷静一下,然后告诉我。有一个孩子死了——另一个孩子?"

"她弟弟,"德雷克夫人说,"利奥波德。"

"利奥波德·雷诺兹?"

"对,他们在一条田间小道上发现了他的尸体。他一定是在放学回家的路上跑去附近的小溪边玩了。有人把他摁进小溪里——把他的头摁进了水里。"

"就像对乔伊斯那样?"

"对,没错。我说这一定是——一定是疯了。还不知道那个人是谁,这太可怕了。一点想法都没有。我还以为我知道,我真的以为——我猜,哦,这太恶毒了。"

"您得告诉我,夫人。"

"对,我想告诉您,我是来告诉您的。因为,您知道,您跟伊丽莎白·惠特克谈过之后来找我了,因为她告诉您我可能看到了什么让人震惊的事。我确实看到了一些东西。发生在我家,我家客厅的一些事。我说我没看见什么让我震惊的事,是因为,您知道,我觉得——"她停了下来。

"您看到了什么?"

"我当时就该告诉您。我看见藏书室的门打开了,非常小心地打开了,然后他从里面出来了。或者说他没有完全出来,他只是站在门口,然后又飞快地把门拉上,又回屋里去了。"

"那个人是谁?"

"利奥波德。利奥波德,刚刚被杀的那个孩子。您明白,我觉得我——哦,太离谱了,大错特错。如果我告诉您,也许——也许您已经找出幕后的那个人了。"

"您认为?"波洛说,"您那时以为利奥波德杀了她的姐姐。是这样吗?"

"是的,我当时就是这么想的。不是那天晚上,当然,因为我还不知道她已经死了。但是他脸上有一种古怪的表情。他一直是个古怪的孩子。有时候你会有些害怕他,因为你觉得他不……不是很正常。非常聪明,智商很高,但还是不太对劲。

"那时我想'为什么利奥波德从这里出来了,而不是在玩抓火龙呢？'然后我想'他在做什么呢，看起来这么奇怪？'然后，那之后我就没再想那件事了，但是我猜，可能是他的样子让我有些不安，所以我才失手把花瓶摔碎了。伊丽莎白帮我捡起了玻璃碎片，然后我就去抓火龙那里了，也没再想那件事。直到我们发现了乔伊斯。那时我就以为——"

"您认为那是利奥波德干的？"

"对，对，我就是那么想的。我想这就解释了他为什么看起来那么奇怪。我以为我知道了。我总是觉得……我一生都以为我知道所有的事情，我是对的。可是我大错特错了。因为，您瞧，他被杀就意味着事情完全不一样。他肯定是进去了藏书室，发现她在那里——死了——那让他很震惊，他很害怕。所以他想趁着没人看见时从房间里溜出来。我猜他出来往上看，看见我了，所以又回到了房间，关上门，直到大厅里没人了才出来。是这样，而不是因为他刚刚杀了她。不是。只是因为发现她死了他很震惊。"

"可是您什么都没说？您没提过您看见谁了，甚至发现她死了之后也没提？"

"没有。我——哦，我不能。他——您知道，他还那么小——太小了，我想我现在应该说。十岁。十岁，最多十一岁，我是说——我觉得他肯定不知道自己在做什么，确切来说那并不是他的错。从道德上说他还无法为自己的行为负责。他总是非常奇怪。我想应该可以找人教他，不能把一切都交给警察。不要把他送进少改所。我想如果必要的话可以找心理医生给他做心理辅导。我……我是好心。您一定要相信我，我是出于好心。"

多么伤心的话，波洛想，这是世界上最伤心的话了。德雷克夫人似乎知道他在想什么。

"是的,"她说,"'我为他好才这么做','我是出于好心'。人们总是觉得自己知道怎样对别人最好,但实际上他不知道。因为,您瞧,他看起来那么吃惊,他要么看到了凶手是谁,要么就是看到了可以证明凶手是谁的线索。有时这就让凶手感觉到自己不安全。所以——所以他等到男孩独自出去的时候,把他摁进小溪里淹死了,那样他就说不了话,就不会告诉警察或者别人了,但是我以为我全都知道。"

"直到今天,"波洛说,他又沉默地坐了一会儿,看着德雷克夫人直到她控制住了她的抽泣声,"我才被告知利奥波德最近有很多零花钱。有人付了他封口费。"

"但是是谁——谁呢?"

"我们会查出来的,"波洛说,"不会等太久了。"

第二十二章

询问别人的意见从来就不是波洛的作风。他通常对自己的想法非常满意。尽管如此,他还是有破例的时候,这就是其中一次。他和斯彭斯警司简要地谈了几句,然后租了一辆车,又分别和另一位朋友以及拉格伦督察短暂地交谈了几句,之后他坐车离开了。他让车直接回伦敦,半路停一会儿。他要去趟榆树小学。他告诉司机说不会太久,最多一刻钟,然后就去拜访埃姆林小姐了。

"很抱歉这个时间打扰您,想必您正在用晚餐吧。"

"哦,我接受您的歉意,波洛先生,我想您没有急事是不会打扰我吃晚饭的。"

"您太好了。说实话,我需要您的意见。"

"真的?"

埃姆林小姐看起来稍微有些吃惊。不仅是吃惊,还有些疑惑。

"这不太像您的作风,波洛先生。您通常不是对自己的判断非常满意吗?"

"是的,我对自己的想法很满意,但是如果我敬重的人的意见跟我一致,那会给我安慰和支持。"

她没有说话,只是探询地看着他。

"我知道杀死乔伊斯·雷诺兹的凶手是谁,"他说,"我相信您也知道。"

"我没那么说过。"埃姆林小姐说。

"对,您没这么说。但我认为您有一个观点。"

"一种直觉?"埃姆林小姐问,语调比平时更冷淡。

"我不用这个词,我更倾向于说您有一个明确的观点。"

"好吧。我承认我有一个明确的观点。但这并不代表我会告诉您我的观点是什么。"

"我想做的是,小姐,在一张纸上写四个词。我会问您是否同意我写的那四个词。"

埃姆林小姐站起来。走到房间另一边的桌子边,取了一张纸,然后拿着纸走向波洛。

"您让我产生兴趣了,"她说,"写四个词吧。"

波洛从口袋里掏出一支笔,在那张纸上写了几个词,折起来递给她。她接过纸,展开,拿好,开始看上面的词。

"怎么样?"波洛问。

"上面的两个词,我同意,是的。另外两个有些牵强。我没有证据,而且我确实没想到过这一点。"

"那么针对前两个词,您有确凿的证据吗?"

"我想是的,对。"

"水,"波洛若有所思地说,"当您听到那件事的时候,您就知道了。我听到的时候我也知道。您很肯定,我也肯定。那么现在,"波洛说,"有个男孩被淹死在小溪里了,您听说了吗?"

"听说了。有人打电话告诉我了。乔伊斯的弟弟。他是怎么牵扯进来的?"

"他需要钱,"波洛说,"他知道了真相。所以,在一个合适的时候,他被淹死了。"

他的声音没有变。如果非要说有什么变化的话,不是变柔和了,而是更加严厉了。

"把这件事告诉我的那个人,"他说,"好像充满了同情,情绪非常不安。但我没有这种感觉。他很小,是死的第二个孩子,但是他的死不是意外,而是跟生活中的许多事一样,是由他自己的行为导致的。他想要钱,于是他冒了险。他够聪明,够机敏,肯定知道自己在冒险,可还是被钱吸引了。他只有十岁,但这种因果报应对谁都一样,跟他是三十岁、五十岁甚至九十岁没有关系。您知道听到这种案子,我最先想的是什么吗?"

"让我说,"埃姆林小姐说,"相比同情,您更在乎正义。"

"同情,"波洛说,"在我看来帮不了利奥波德。怎么都帮不了他了。正义,您和我——我觉得在这一点上您和我的观点是一致的,我们可以伸张正义。有人会说即使这样也帮不了利奥波德了,但是如果我们行动够迅速的话,就可以帮助其他的利奥波德,可以保住其他孩子的性命。情况很危险,那个凶手已经杀了不止一个人,对那个人来说,杀人已经成了一种自保手段。我现在正要回伦敦,回去之后我会和一些人商量行动方案,也许,我还要先说服他们接受我的论断。"

"那不太容易吧。"埃姆林小姐说。

"是的,我知道很难。作案的手段和动机都很难确定,但是我想我能说服他们接受我对案子的猜想,因为他们了解罪犯的心理。还有一件事我想问问您,我需要您的建议。这次只是您的观点,不需要证据。您对尼古拉斯·兰瑟姆和德斯蒙德·霍兰德人品的看法如何?您觉得我能相信他们吗?"

"我觉得他们完全可以信赖。这是我的观点。在某些方面他们很愚蠢,但那些只是生活中的一些小事。从本质上说,他们是完好无瑕的,就像没有被虫蛀过的苹果。"

"我们总是不经意间就又提到苹果了。"赫尔克里·波洛难过地说,"我得走了。车在外面等着呢。我还有一个人要拜访。"

第二十三章

1

"你听说石矿树林里发生了什么吗?"卡特莱特夫人一边说,一边把一包松软薄饼和一瓶奇效净白液放进购物袋里。

"石矿树林?"埃尔斯佩斯·麦凯问道,"没有,我没听说有什么事啊。"她挑了一袋麦片。这两个女人正在新开张的超级市场进行晨间采购。

"他们说那些树很危险。今天早上来了几个伐木工。就在那边小山的陡坡上,有棵树向一边斜着。我有时候猜会不会有树要掉下来。有一棵去年冬天还被闪电击中过,但是我觉得离得挺远的。反正他们围着树根挖坑呢,挖得还挺深的。可惜了,他们会把那片地方弄得一团糟。"

"哦,这样啊,"埃尔斯佩斯·麦凯说,"他们肯定知道自己在做什么。肯定是有人让他们来的。"

"那里还有几个警察,不让人们靠近,确保人们离得远远的。他们说先要找到那些有问题的树。"

"我明白了。"埃尔斯佩斯·麦凯说。

她可能真的明白了,没有人告诉过她,但是埃尔斯佩斯根本不需要别人来告诉。

2

阿里阿德涅·奥利弗打开她刚从门口拿回的电报。她习惯先从电话里接收电报，用铅笔潦草地把内容记下来，再坚定地要求给她寄一份复印件以便核实。所以接到一份她称为"真的电报"的电报的时候，她吃了一惊。

速带巴特勒夫人和米兰达去你家
刻不容缓
急需去看医生动手术

她径直走到厨房，朱迪思·巴特勒正在那里做柑橘果冻。

"朱迪，"奥利弗夫人说，"快去收拾一下行李。我要回伦敦了，你和米兰达跟我一起回去。"

"谢谢你，阿里阿德涅，但是我这里还有很多事要做。而且你不用今天就急匆匆往回赶吧，不是吗？"

"不，我必须走，有人告诉我必须走。"奥利弗夫人说。

"谁告诉你的——你的管家吗？"

"不是，"奥利弗夫人说，"别人。是我会服从的少数人之一。快一点得赶紧。"

"我现在不想离开家呢，我不去了。"

"你必须去，"奥利弗夫人说，"车已经准备好了，我让他在门口等着呢。我们马上就能走。"

"我不想带着米兰达。我可以把她托给别人照顾，雷诺兹家或者罗伊娜·德雷克。"

"米兰达也得去。"奥利弗夫人坚决地打断她说，"别推搪了，朱迪思。这很严重。我都不明白你怎么会想把米兰达留在雷诺兹家，他们家有两个孩子都被杀了！"

"对，是这样。你是说他家的房子有什么问题吗？我是说他家有人……哦，我想说什么呢？"

"我们说得太多了。"奥利弗夫人说，"别管那么多了。"她补充道，"如果还会有人被杀，我觉得最可能的就是安·雷诺兹。"

"他们家这是怎么了？为什么一个接一个都要被杀呢？哦，阿里阿德涅，太可怕了！"

"是的，"奥利弗夫人说，"但有时候就该感到害怕。我刚接到一份电报，我必须按上面说的行动。"

"哦，我没听到电话响。"

"不是通过电话发来的，是直接送到门口的。"

她犹豫了一会儿，然后把电报递给了她的朋友。

"这是什么意思？手术？"

"扁桃体炎，可能是，"奥利弗夫人说，"米兰达上周不是嗓子疼吗？是不是该带米兰达去伦敦看看喉科专家？"

"你疯了吗，阿里阿德涅？"

"可能吧，"奥利弗夫人说，"我可能在胡言乱语。快点。米兰达会很喜欢在伦敦的生活的，你不用担心。她不用去做什么手术。这只是侦探小说里说的'幌子'。我们会带她去剧院，看歌剧或者芭蕾，她想看什么都行。总的来说，我觉得带她去看芭蕾更好。"

"我被吓到了。"朱迪思说。

阿里阿德涅·奥利弗看着她的朋友。她稍微有些发抖。奥利弗夫人想，她看起来比平时更像水中女神、更超凡脱俗了。

"快走吧，"奥利弗夫人说，"我答应过赫尔克里·波洛，一接到他的消息就带你们走。现在,他已经通知我了。"

"究竟发生了什么?"朱迪思问,"我真不知道我为什么要走到这一步。"

"我有时也想知道,"奥利弗夫人说,"但是谁也不知道谁会住到哪里去。我有一个朋友有一天搬到沼泽地的大叶榕底下住了。我问他为什么想搬到那里住,他说他一直想去,并且住在那里,一退休他就打算去了。我从没去过那儿,但听着就潮乎乎的。那里究竟是什么样的呢?他说他也不知道,因为他也没去过,可就是一直向往住在那儿。顺便说一下,他头脑很清醒。"

"那他去了吗?"

"去了。"

"到了之后他喜欢那里吗?"

"这个,我还没听说呢。"奥利弗夫人说,"但是人总是很奇怪。他们想去做的事,或者觉得非做不可的事……"她走到花园里,喊道,"米兰达,我们要去伦敦啦。"

米兰达慢慢地向她们走过来。

"去伦敦?"

"咱们坐阿里阿德涅的车去,"她妈妈说,"咱们去那里的剧院。奥利弗夫人可能能买到芭蕾演出的票。你想去看芭蕾吗?"

"我想看。"米兰达说。她的眼睛亮晶晶的。"我得先去跟我的一个朋友说一声,跟他告别。"

"我们马上就要走啦。"

"哦,我会很快的,我得说一声,我答应过的。"

她顺着花园跑出去,在门口消失了。

"米兰达的朋友是谁?"奥利弗夫人有些好奇地问。

"我也不知道,"朱迪思说,"她从来不说这些事,你知道。

我想她当作朋友的就只有她在林子里看到的小鸟或者松鼠之类的。我觉得大家都很喜欢她,但是我不知道她有什么特别的朋友。我是说她没带过女孩回来喝茶什么的。不像别的女孩那样。我觉得她最好的朋友就是乔伊斯·雷诺兹。"她含含糊糊地补充说,"乔伊斯总是给她讲一些大象啊老虎啊之类的奇遇。"她让自己清醒了一下,"好了,既然你这么坚持,我猜我得去收拾打包了。但是我真的不想离开这里。我还有许多事没做完,像这个果冻,还有——"

"你必须去。"奥利弗夫人说。她非常坚定。

朱迪思拿着几个行李箱从楼上走下来,米兰达也从侧门跑了进来,跑得上气不接下气的。

"我们不先吃午饭吗?"她问道。

虽然她长得像一个小树妖,但其实她是个爱吃饭的健康孩子。

"我们路上会找个地方吃午饭,"奥利弗夫人说,"在哈弗沙姆的黑孩子饭店就不错。时间应该正好。大概四十分钟到那里,那儿的饭非常好吃。来吧,米兰达,咱们该出发了。"

"我还没告诉凯西我明天不能跟她一起去看画展了呢。哦,我给她打个电话吧。"

"好吧,你快点。"她妈妈说。

米兰达跑进客厅,电话在那里放着。朱迪思和奥利弗夫人把行李箱搬进汽车里。米兰达从客厅出来了。

"我给她留言了,"她上气不接下气地说,"可以走啦。"

"我觉得你疯了,阿里阿德涅,"朱迪思一边上车一边说,"真是疯了。这到底是为什么呢?"

"到时候就知道了,我猜。"奥利弗夫人说,"我不知道是我疯了还是他疯了。"

"他?谁呀?"

"赫尔克里·波洛。"奥利弗夫人回答说。

3

伦敦。赫尔克里·波洛正和其他四个人坐在一间房间里。第一位是蒂莫西·拉格伦督察,在他的上司面前,他总是这副恭恭敬敬、一本正经的样子;第二位是斯彭斯警司;第三位是阿尔弗雷德·里士满,该郡的警察局局长;最后一位是来自公诉办的一位检察官,表情冷酷,一看就是搞法律的。四个人表情各异地看着波洛,或者也可以称为面无表情。

"您似乎很肯定,波洛先生?"

"我的确很确定。"赫尔克里·波洛说,"如果一个案子是这么发生的,那人们就会认为它肯定是这样,除非能找出反证。如果找不出反证,那就会更加印证人们的观点。"

"让我说的话,作案动机太复杂了。"

"不,"波洛说,"实际上一点也不复杂,而是太简单了,简单到我们很难认清。"

检察官看起来颇为怀疑。

"我们很快就能有一份确凿的证据了,"拉格伦督察说,"当然,如果这一点是错误的……"

"铃儿响叮咚,猫咪不在井中?"赫尔克里·波洛问,"您是这个意思吗?"

"嗯,你得承认这只是你的猜测。"

"证据都指向那里。让一个女孩消失的原因并不多。一是她跟一个男人走了,二是她死了。其他的都太牵强,实际上从没发生过。"

"您有什么特别值得一提的证据吗,波洛先生?"

"是的。我联系了一家很著名的房地产公司。我的一个朋友,他专门负责西印度群岛、爱琴海、亚德里亚海和地中海等区域的房地产业务,主要是些气候宜人的小岛。他们的顾客通常都非常富有。这是一份最近的交易文件,你们也许会感兴趣。"

他递过去一张折着的纸。

"您认为这和案子相关?"

"没错。"

"我觉得买卖岛屿是那个国家禁止的吧?"

"有钱能使鬼推磨。"

"您还能提出其他证据吗?"

"二十四小时之内,我也许能提供一个或多或少能起决定作用的证据。"

"是什么?"

"一位目击证人。"

"您是指——"

"亲眼见到谋杀的证人。"

那位检察官先生一脸怀疑地打量着波洛。

"那位目击证人现在在哪儿?"

"来伦敦的路上,我相信并希望如此。"

"您似乎有点——不安。"

"的确,我尽力去保护她们,但是我承认我很害怕。是的,即使采取了保护措施我还是害怕。因为,您知道,我们——我该怎么说呢?——我们的对手残忍冷酷、反应迅速、贪得无厌,超乎我们的想象。我不确定，但我觉得有可能——可以说，有点发疯了吧？不是天生的，而是后天的。一颗种子生根发芽，并且迅速成长起来，而现在已经控制了他，使他对生命非常残忍，泯灭了人性。"

"我们必须听取其他意见，"检察官先生说，"不能仓促行事。当然，很大程度上取决于——林业部门的报告。如果那是真的，我们就得重新考虑了。"

赫尔克里·波洛站了起来。"我得走了。我已经把我知道的、我担心的，以及我能预见的情况都说了。我会跟您保持联系的。"

他用外国礼节和在场的人挨个握了手，然后离开了。

"这个人怎么跟江湖骗子似的。"检察官先生说，"您不觉得他有些疯疯癫癫吗？我是说，脑子有些不正常。而且他都一大把年纪了，我觉得不能相信这么大年纪的人的能力。"

"我觉得您可以信赖他，"警察局局长说，"至少，这是我的印象。斯彭斯，我们认识很多年了，你是他的朋友，你觉得他有点老糊涂了吗？"

"不，我不这么觉得。"斯彭斯警司说，"你怎么认为，拉格伦？"

"我最近才认识他，先生。刚开始我觉得他——呃，他说话的方式、他的想法都很古怪。但是我基本被他说服了。我想结果会证明他是对的。"

第二十四章

1

奥利弗夫人舒适地坐在黑孩子餐厅靠窗户的一张桌子前。时间还很早,餐厅里人不多。朱迪思·巴特勒从洗手间出来,走到她对面坐下,拿起菜单看起来。

"米兰达爱吃什么?"奥利弗夫人问,"我们替她一起点了,她应该很快就回来了。"

"她爱吃烤鸡。"

"好,那就简单了。你呢?"

"我也一样。"

"我们要三份烤鸡。"奥利弗夫人点了菜。

她靠在椅背上,盯着她的朋友看。

"你这么盯着我干什么?"

"我在思考。"奥利弗夫人说。

"思考什么?"

"思考我到底有多不了解你。"

"这个,每个人都一样,不是吗?"

"你是说,人们永远不会完全了解一个人?"

"我觉得是这样。"

"也许你说对了。"奥利弗夫人说。

两个人都沉默了一段时间。

"他们上菜有点慢。"

"该上了,我想。"奥利弗夫人说。

一个女服务员端了满满一托盘菜过来了。

"米兰达怎么去了这么久。她知道餐厅在哪儿吗?"

"知道,肯定知道。我们在路上看到了。"朱迪思不耐烦地站起来,"我去叫她。"

"我猜她也许是晕车了。"

"她小时候总是晕车。"

四五分钟之后,朱迪思回来了。

"她没在女洗手间。"她说,"那里有一扇门通到花园,也许她从那儿出去看小鸟什么的去了。她经常这样。"

"今天可没时间看小鸟。"奥利弗夫人说,"去找找她吧,我们得赶路。"

2

埃尔斯佩斯·麦凯用叉子把香肠叉到烤盘里,然后放进冰箱,开始削土豆皮。

电话铃响起来。

"是麦凯夫人吧?我是古德温警官。您哥哥在家吗?"

"不在。他在伦敦。"

"我给那儿打电话了——他已经走了。等他回来,麻烦您告诉他结果跟预想的一样。"

"您是说你们在井里发现尸体了?"

"想保密也没用了。消息已经都传开了。"

"是谁的？互换生女孩？"

"应该是她。"

"可怜的姑娘，"埃尔斯佩斯说，"是她自己跳进去的——还是？"

"不是自杀——她是被刀刺死的。肯定是谋杀。"

3

妈妈从洗手间出去之后，米兰达又等了一小会儿，然后她打开门，谨慎地向外看了看，打开通向花园的侧门，顺着花园的小径向一个汽修厂的后院跑去。她从一个仅能容一个人通过的小门钻出去，外面是一条乡间小道。小道的不远处停着一辆车，一个眉毛胡子都灰白的人正坐在里面看报纸。米兰达打开车门，爬上副驾驶座。她哈哈大笑起来。

"你看上去很滑稽。"

"尽情笑吧，没人管你。"

车开了，沿着小路一直走，右转，左转，然后又右转，开上了一条二级公路。

"时间正好来得及，"灰白胡子的人说，"到时候你就能看到双斧了。还有坎特伯雷丘陵。景色非常棒。"

一辆车紧擦着他们的车超了过去，差点把他们挤到路边的石头上。

"年轻的傻瓜们。"灰白胡子的人说。

其中一个年轻人头发垂到了肩膀上，戴着大大的、猫头鹰似的大墨镜，另一个留着络腮胡，看上去更像西班牙人。

"你说妈妈会担心我吗?"米兰达问。

"她没时间担心你。等她开始担心的时候,你已经到你想去的地方了。"

4

伦敦。赫尔克里·波洛拿起电话。奥利弗夫人的声音传过来。

"我们把米兰达弄丢了。"

"什么意思,把她丢了?"

"我们在黑孩子餐厅吃午饭,她去厕所了,然后就没回来。有人说看到她坐上一位老人的车走了。但也可能不是她,可能是别人。那——"

"你们应该跟她在一起,不应该让她离开你们的视线。我告诉过你们会有危险。巴特勒夫人很担心吧?"

"她当然担心。你怎么想?她要急疯了,一直要报警。"

"嗯,当然要报警。我也会给他们打电话。"

"但是你为什么说米兰达会有危险?"

"你还不知道?你现在应该知道了。"波洛补充道,"尸体找到了。我刚听说——"

"什么尸体?"

"井里的尸体。"

第二十五章

"真漂亮。"米兰达看着她周围的一切感叹道。

坎特伯雷石环是当地的一处景点,尽管它现在没有以前出名了。几百年前它就被拆除了,但是这里到处残留着高大的花岗岩,高高耸立的岩石向人们讲述着很久之前的礼拜仪式。米兰达一直问个不停。

"为什么他们在这里弄了这么多石头?"

"为了仪式。礼拜仪式。献祭仪式。你知道什么是献祭吧,米兰达?"

"我知道。"

"必须那么做,你知道,那很重要。"

"你是说,那不是一种惩罚?是别的什么?"

"对,是别的。只有你死了,别人才能活下去。你死了,美丽才能存在,才能制造美。这才是重要的事。"

"我觉得也许——"

"也许什么,米兰达?"

"我觉得一个人应该去死,是因为他做的事把别人害死了。"

"你怎么会这么想呢?"

"我想到了乔伊斯。如果我没告诉她那些事,她就不会死了,不是吗?"

"可能吧。"

"乔伊斯死了之后，我一直很难过。我不必告诉她的，不是吗？我告诉她只是因为我想有什么值得告诉她的事。她去过印度，她一直讲那些——老虎啊大象啊还有人们的金挂饰什么的。所以我也想——我突然想让别人也知道。因为你知道，我以前真的没那么想过。"她补充说，"那——那也算献祭吗？"

"也算是。"

米兰达继续沉思，过了一会儿，她突然问："时间还没到吗？"

"太阳还没到那个位置。再等五分钟就差不多了，它会直接照在石头上。"

他们又在车旁陷入了沉默。

"就是现在。"米兰达的同伴说，他看着天空，太阳正慢慢向地平线沉去，"这是一个美妙的时刻。没有其他人在这里。没人会在这个时间爬到坎特伯雷丘陵上来看坎特伯雷石环。十一月太冷了，也没有黑莓采了。我先给你指双斧。双斧是刻在石头上的，几百年前从迈锡尼或者克里特岛运过来的时候就有。很奇妙，不是吗，米兰达？"

"是的，非常奇妙，指给我看吧。"米兰达说。

他们走到了最高的石头上。旁边的一块石头落到了地上，稍微远点的斜坡上有一块微微倾斜着，仿佛被岁月压弯了腰。

"你快乐吗，米兰达？"

"是的，我很快乐。"

"就在这里。"

"那真是双斧吗？"

"是的。随着时间的流逝有些磨损，但确实是它。这是一种象征。把你的手放在上面。现在——我们一起为过去和未来,为美干杯。"

"哦,太美了。"米兰达说。

一只金色的酒杯放在了她的手上,她的同伴用一个细颈瓶往里面倒金色的液体。

"水果味的,蜜桃味。喝了它,米兰达,你就会一直快乐下去。"

米兰达拿起镀金的酒杯,闻了闻。

"对,没错,闻起来是桃子味。哦,看,太阳。真正的金红色——就好像它躺在世界的边缘。"

他把她的头转过来对着酒杯。

"拿起酒杯,喝了它。"

她顺从地转过身来。一只手还放在花岗岩上快被磨平的印记上。她的同伴站在她的身后。山坡下倾斜的那块石头旁,两条人影悄悄地溜了出来,弯着腰前进。高处的那两个人背对着他们,一点也没有发现。他们很快就悄悄爬上了山顶。

"为美干杯,米兰达。"

"不要命了她才喝!"一个声音在他们背后说。

一件玫瑰色的天鹅绒大衣朝他的头飞来,一把匕首从缓缓举起来的手里脱落了。尼古拉斯·兰瑟姆紧紧抓住米兰达,把她从正在打斗的两个人身边拉走。

"你这个小笨蛋,"尼古拉斯·兰瑟姆说,"怎么跟一个精神不正常的杀人凶手跑到这里来了。你应该知道你在做什么。"

"我知道,"米兰达说,"我想我要成为祭品了,因为那都是我的错。都是因为我乔伊斯才被杀的,所以我应该成为祭品,不是吗?这是一种献祭仪式。"

"别胡说,哪儿有什么祭祀仪式。他们找到那个女孩了。你知道的,那个消失了很久的互换生女孩。大家都以为她逃跑了,因为她伪造了遗嘱。其实她没逃跑。他们在井里发现了她的尸体。"

"啊!"米兰达突然痛苦地尖叫一声,"不是许愿井吧?不是我一直想找的许愿井吧?哦,我不希望她在许愿井里。谁——是谁把她扔进去的?"

"就是把你带到这里的那个人。"

第二十六章

四个男人再次坐在一起看着波洛。蒂莫西·拉格伦、斯彭斯警司和警察局局长都一脸期盼,好像期待着马上就能吃到一碟奶油的猫。而第四个人还是将信将疑。

"那么,波洛先生,"警察局局长主导着会议的议程,委托公诉办的检察官先生代为提醒法院的各个程序。"我们都到齐了——"

波洛打了个手势。拉格伦督察离开房间,带回来一个三十岁左右的女人、一个女孩和两个年轻人。

他一一为警察局局长介绍。"巴特勒夫人,米兰达·巴特勒小姐,尼古拉斯·兰瑟姆先生和德斯蒙德·霍兰德先生。"

波洛站起来,牵着米兰达的手。"坐在你妈妈身边,米兰达——这位是里士满先生,是郡里的警察局局长,他有几个问题想问你,是关于你看到的一些事——一年多前的,大概快两年了吧。你对一个人提起过,据我所知,只对那一个人说过。对吗?"

"我告诉乔伊斯了。"

"告诉她什么了?"

"我见过一起谋杀。"

"你告诉过别人吗?"

"没有。但是我觉得利奥波德可能猜到了。他经常偷听,您知道。在门口偷听什么的。他喜欢偷听人们的秘密。"

"你应该也听说了,乔伊斯·雷诺兹在万圣节前夜晚会之前说她自己看到过一场谋杀,那是真的吗?"

"不是,她只是在重复我的话——假装是她亲眼看到的。"

"告诉我们你究竟看到了什么。"

"我刚开始不知道那是谋杀。我以为那是意外,我以为是她自己从高处摔下来的。"

"你在哪儿看见的?"

"在石矿花园——以前有喷泉的凹地那里。我在树枝上坐着,观察一只松鼠,所以得非常安静,要不就把它吓跑了。松鼠跑得特别快。"

"你看到了什么?"

"一个男人和一个女人把她抬起来,抬着她沿着小路往前走。我以为他们是带她去医院或者去石矿府。突然那个女人停下来,说:'有人在看我们。'她还往我待的那棵树上看。不知为何我就很害怕,我吓得一动也不敢动。那个男人说:'不可能。'他们就走了。我看见围巾上面有血,还有一把带血的刀在上面——我就想也许是有人想要自杀——不过我还是没敢动。"

"因为你很害怕?"

"是的,但是我也不知道为什么。"

"你没告诉你妈妈?"

"没有。我想也许我不该在那里看的。第二天也没人说谁出了什么意外,所以我就把那件事忘了。我没再想起来过,直到——"

她突然停下了。警察局局长张了张嘴——又闭上了。他看了看波洛,隐晦地向他打了个手势。

"接着说,米兰达,"波洛说,"直到什么?"

"就好像那天的事又发生了一遍。这次是一只绿色的啄木鸟,我在灌木丛后面一动不动地看着它。那两个人正坐在那里说话——关于一个小岛,希腊的小岛。她好像是说:'都签好了,它是我们的了,我们随时可以去那里。但是我们最好还是慢慢来,不能匆忙行事。'这时候啄木鸟飞走了,我动了一下。然后她说:'嘘,安静,有人在看我们。'跟上次她说话时的语气一样,表情也一样。我又开始害怕,想起了上次的事。这次我知道了。我知道了上次我看到的就是谋杀,他们抬走的是一具尸体,他们要把它藏起来。您瞧,我不是个孩子了。我明白了那些东西,还有它们的意义,血、刀子,还有软绵绵的尸体——"

"这是什么时候的事?"警察局局长问道,"多久以前?"

米兰达想了一会儿。

"去年三月,刚过了复活节。"

"你能确定那两个人是谁吗,米兰达?"

"当然能。"米兰达有些迷惑。

"你看到他们的脸了吗?"

"当然。"

"他们是谁?"

"德雷克夫人还有迈克尔……"

她的话里并没有夸张的指责意味。她的声音很平静,有一点好奇,但是很肯定。

警察局局长问道:"你没告诉别人,为什么呢?"

"我以为——我以为那是祭祀。"

"谁告诉你这些的?"

"迈克尔说的——他说献祭是必不可少的。"

波洛温和地问:"你爱迈克尔吗?"

"哦,是的,"米兰达说,"我很爱他。"

第二十七章

"你可算来了,"奥利弗夫人说,"我想知道事情的始末。"她严肃地看着波洛,语气有些嗔怪:"你怎么现在才来?"

"抱歉,夫人,我一直在配合警方的调查。"

"只有罪犯才要接受调查。你到底怎么想到罗伊娜·德雷克会杀人的呢?别人做梦也想不到是她吧?"

"当我得知那条重要线索的时候,就很容易知道了。"

"什么重要线索?"

"水。我想要找到一个在晚会上本来不应该弄湿衣服却湿了的人。杀了乔伊斯·雷诺兹的人肯定都湿透了。把一个活力充沛的孩子的头摁进水里,她肯定会拼命挣扎,水溅得到处都是,那个人肯定会被弄湿。所以那个人就需要一个理由来解释为什么会弄一身水。所有人蜂拥去餐厅玩抓火龙的时候,德雷克夫人把乔伊斯带到了藏书室。如果女主人让你跟她去,你肯定会去。所以乔伊斯对德雷克夫人没有任何怀疑。米兰达告诉她的只是她看到过一场谋杀。乔伊斯被杀了,而杀她的凶手也会被弄得全身是水,必须有理由解释,于是她就要制造一个理由。她需要一个目击了她被弄湿的证人。她抱着一个盛满花的巨大花瓶在楼梯拐角等着。这时候惠特克小姐从玩抓火龙的房间出来了——里面很热。德雷克夫人假装很紧张,让花瓶掉落了,并留心让花瓶里的水洒到她身上然后再摔下去。她走下楼梯,和惠特克小姐一起捡起花瓶的碎片和鲜花,她还抱怨自己打碎了漂亮的花瓶。她很成功地让惠特克小姐觉得她看到了什么东西,也许是有人从谋杀发生的房间出来。惠特克小姐只看到了事情的表面,但是当她告诉埃姆林小姐之后,埃姆林小姐就意识到了事情背后的真相。所以她劝惠特克小姐把这件事告诉了我。就这样,"波洛捻着胡子说,"我,同样,也知道了杀害乔伊斯的凶手是谁。"

"可是其实乔伊斯根本没见过什么谋杀!"

"德雷克夫人并不知道。可是她一直怀疑她和迈克尔·加菲尔德杀死奥尔加·塞米诺娃的时候有人在石矿花园里,那个人可能看到了他们的所作所为。"

"你是什么时候知道那是米兰达看到的,而不是乔伊斯呢?"

"大家异口同声地说乔伊斯是个小骗子,我也不得不相信。这时,候很多线索开始指向米兰达。她经常在石矿花园里观察小鸟和松鼠。而且米兰达告诉我,乔伊斯是她最好的朋友。她说:'我们会把所有事情都告诉对方。'米兰达没有参加晚会,所以惯于撒谎的乔伊斯就可以讲她朋友的故事,说自己见过一场谋杀——可能是为了吸引你的注意,夫人,一位著名的侦探小说作家。"

"是啊,都是我的错。"

"不,不。"

"罗伊娜·德雷克,"奥利弗夫人思忖着,"我还是无法相信是她。"

"她具备做这件事所必需的所有特性。我以前一直想知道,"他补充道,"麦克白夫人究竟是个什么样的女人。在现实生活中她会是什么样的?现在,我想我已经见过了。"

"那迈克尔·加菲尔德呢?他们看起来可真不像一对。"

"很有意思——麦克白夫人和那喀索斯①。非同寻常的组合。"

"麦克白夫人。"奥利弗夫人若有所思地嘟囔着。

"她很漂亮——还精明能干——一个天生的管理者——还是个出人意料的好演员。你应该听听小利奥波德死了之后她的痛哭声，哭得不能自已，手帕却是干的。"

"真恶心。"

"你记得我问过你，你觉得谁是好人，谁不是吗？"

"迈克尔·加菲尔德爱上她了吗？"

"我怀疑除了他自己，他谁也没爱过。他想要钱，很多钱。也许他最初相信他能影响卢埃林-史密斯夫人，让她在遗嘱中赠给他一笔钱，但是卢埃林-史密斯夫人不是那种人。"

"那伪造是怎么回事？我还是理解不了。伪造到底是为了什么？"

"乍一看确实很让人迷惑。必须得说，伪造物太多了。但是如果仔细想的话，伪造的目的是明确的。你只要考虑最终结果就行。

"卢埃林-史密斯夫人的财产最后全部都归罗伊娜·德雷克所有。那条补遗的伪造痕迹太明显了，任何律师都看得出来，所以肯定会进行检验，专家的论证也会推翻这条补遗，原来的遗嘱就会生效。而罗伊娜·德雷克的丈夫已经去世，所以她会继承全部财产。"

"但是清洁女工见证的那条补遗是怎么回事？"

"我推测卢埃林-史密斯夫人已经发现迈克尔·加菲尔德和

---

① 希腊神话中河神刻斐索斯与水泽女神利里俄珀之子。他是一位长相十分清秀的美少年，却对任何姑娘都不动心，只对自己的水中倒影爱慕不已，最终在顾影自怜中抑郁死去。化作水仙花，仍留在水边守望着自己的影子。

罗伊娜·德雷克的不正当关系了——很可能在她丈夫死之前就开始了。卢埃林-史密斯夫人一怒之下就在遗嘱里加了一条补遗，把所有的钱留给那个互换生女孩。那个女孩可能把这些都告诉了迈克尔——她正盼着跟他结婚。"

"我还以为是小费里尔呢？"

"那是迈克尔给我放的烟幕弹。并没有证据证明此事跟费里尔有关。"

"那如果他知道有一份真的补遗，他为什么不娶了奥尔加呢，那样他也能得到那些钱吧？"

"因为他怀疑她是不是真能得到那笔钱。还有不正当施压这一说呢。卢埃林-史密斯夫人已经年老多病。她之前所有的遗嘱都把遗产留给了她的亲戚，这才是法庭认可的合情合理的遗嘱。她才认识这个外国女孩不到一年，女孩没有权利继承她的遗产。即使是真的补遗，也能被推翻。另外，我怀疑奥尔加是不是能买到一座希腊小岛，或者甚至她愿不愿意买。她没有有影响力的朋友，跟商业圈也没有接触。她被迈克尔吸引了，只是把他当作一个很好的结婚对象，那样她就能留在英格兰生活了，那是她梦寐以求的。"

"那罗伊娜·德雷克呢？"

"她被迈克尔迷住了。她的丈夫很多年前就残疾了。她已近中年，但她是个热情的女人，而她的身边出现了一个异常英俊的年轻人。女人很容易爱上他，但他要的不是女人的美丽，而是实现自己的欲望去创造美。因此他需要钱，很多钱。至于爱——他只爱他自己。他是那喀索斯。很多年前我听到过一首法国老歌——"

波洛轻轻地哼起来。

看吧，那喀索斯
看那水里
看吧，那喀索斯
你多美丽
在这世间
只有你的美丽
和青春活力
啊！青春活力……
看吧，那喀索斯……
看那水里……

"我不相信——我真的不敢相信有人会为了在希腊的小岛上建一个花园而杀人。"奥利弗夫人不敢相信地说。

"不能？你能看到他脑子里在想些什么吗？可能只有光秃秃的石头，但是也充满其他可能性。土，一船船肥沃的土壤运过去覆盖在石头上，然后种上各种植物、种子、灌木和树。也许他在报纸上看到过一个造船的富翁为他爱的人建造了一座岛屿花园，所以他就想到——他要建一座花园，不是为一个女人，而是为他自己。"

"在我看来这太疯狂了。"

"没错。确实是。我怀疑他根本没想过自己的动机是多么卑鄙，他想的只是那对于创造更多的美来说是必要的。他为了创造美已经疯了。石矿花园的美，他建造的其他花园的美——现在他在构想更多——整个岛的美丽。而这里有个罗伊娜·德雷克为他着迷，她对他而言，却只是他创造美所需的钱的来源。没错，也许他已经疯了，上帝要谁灭亡，必先让其疯狂。"

"他真的这么想要一个小岛?即使罗伊娜·德雷克缠着他,对他指手画脚的?"

"总会有意外发生嘛。我想合适的时候德雷克夫人也会发生意外。"

"又一场谋杀?"

"对。起因很简单。奥尔加必须被除掉,因为她知道了那条补遗,并且她还能成为伪造的替罪羊。卢埃林-史密斯夫人把原件藏起来了,所以小费里尔受雇做了一份伪造的文件。那份伪造文件的破绽很明显,马上引起了怀疑。而这也注定了他的死亡。我很快就断定,莱斯利·费里尔,跟奥尔加没有任何协议或交往。那只是迈克尔·加菲尔德对我的暗示,但是我怀疑付钱给莱斯利的是迈克尔,而获得互换生女孩芳心的也是迈克尔。他警告她要保密,不能告诉她的雇主,向她承诺说将来要和她结婚,同时却冷酷地把她作为必要时的牺牲品,以便他和罗伊娜·德雷克能拿到那笔钱。奥尔加·塞米诺娃不需要以伪造罪被控告或者起诉,她只要被怀疑就足够了。伪造的遗嘱对她有利,她也能轻易伪造出来,因为有证据证明她可以模仿雇主的笔迹。一旦她突然消失,人们就会怀疑她不仅伪造了遗嘱,还可能导致了她雇主的突然死亡。所以在一个恰当的时机,奥尔加被杀了。莱斯利·费里尔,人们以为他死于帮派内讧或者死于女人的嫉妒。但是在井里找到的那把刀跟他受的刀伤很吻合。我知道奥尔加的尸体肯定被藏在这附近,但是我一直想不到在哪儿,直到我听到米兰达问一口许愿井在哪儿,想要迈克尔·加菲尔德领她去,但是他拒绝了。之后我跟古德博迪夫人谈话时,我说我想知道那个女孩消失到哪儿去了,她说'铃儿响叮咚,猫咪在井中',那时我就很确定那个女孩的尸体在许愿井里了。我发现那口井在树林里，石矿树林，离迈克尔·加菲尔德的屋子不远的一个山坡上。我开始想到米兰达可能看到了谋杀过程或是之后处理尸体。德雷克夫人和迈克尔怀疑有人看到他们了，但是他们不知道那个人是谁。因为一直没人提起什么，他们也就渐渐放心了。他们做了计划——虽然并不着急，但已经开始行动了。她到处说要在国外买一个小岛，让人们觉得她要离开伍德利社区了。这里有太多伤心事，总是暗示她沉浸在失去丈夫的悲伤中。所有的事情都按计划进行，这时乔伊斯在万圣节前夜突然宣称她见过一场谋杀，对她来说就是晴天霹雳，所以她迅速展开了行动。但是更多的麻烦来了。小利奥波德向她要钱——他说他要买很多东西。其实她并不确定他猜到或者知道多少，但他是乔伊斯的弟弟，所以他们以为他知道更多。于是——他，同样，也死了。"

"你怀疑她是因为水，"奥利弗夫人说，"那你是怎么开始怀疑迈克尔·加菲尔德的？"

"他符合条件。"波洛简要地说，"还有，我最后一次跟迈克尔·加菲尔德谈话的时候我就确定了。他大笑着对我说——'离我远点，撒旦。去找你的警察朋友吧。'那时我就知道，非常肯定。实际是完全相反的。我对自己说：'我在离你远去，撒旦。'这么年轻、美丽、好像人间的路西法的撒旦……"

房间里还有另外一个女人——目前为止一句话都没说，但是现在她在椅子里颤抖了一下。

"路西法，"她说，"是的，我现在知道了。他总是这样。"

"他很美丽，"波洛说，"他也热爱美丽，爱他用大脑、用想象、用双手创造出来的美。为了美他可以牺牲任何东西。我想，他用他自己的方式爱着米兰达这个孩子，但是他也随时准备牺牲她，来救他自己。他非常仔细地计划着她的死亡——他把那一切说成是仪式，可以说他一直向她灌输这个观念。她告诉他她要离开伍德利社区——他教她怎样在你们吃午餐的餐厅跟他见面。她将会在坎特伯雷石环被发现——紧挨着双斧标记，旁边有一只金色的酒杯——一种献祭仪式。"

"疯了，"朱迪思·巴特勒说，"他肯定是疯了。"

"夫人，您的女儿安全了——但是我有些事很想知道。"

"您想知道任何事我都会告诉您，波洛先生。"

"她是您的女儿——也是迈克尔·加菲尔德的女儿吗？"

朱迪思沉默了一会儿，回答道："是的。"

"但是她不知道吗？"

"不，她不知道。在这里遇见他纯粹是巧合。我还是个小女孩的时候认识他的。我疯狂地爱上了他，后来——后来我开始害怕。"

"害怕？"

"没错，我不知道为什么。不是害怕他会做什么事，而是害怕他的本性。他很温和，但是在那表象之后，是冷漠和残忍。我甚至害怕他对美和创造的热情。我没告诉他我怀孕了。我离开了他，远走高飞。后来孩子出生了。我就谎称我的丈夫是飞行员，因为车祸去世了。我到处搬家。来伍德利社区或多或少也是巧合，因为我在曼彻斯特有熟人，我可以在那里找一些文书工作。

"后来有一天迈克尔·加菲尔德来石矿树林工作了。我觉得我不介意。他也是。那都是很久以前的事了。但是不久之后，尽管我还没意识到米兰达去石矿树林那么频繁，我确实担心——"

"是的，"波洛说，"他们两个之间有一种羁绊。一种天生的亲密。我能看出他们很像——只是迈克尔·加菲尔德，这位路西法美丽的追随者很邪恶，而您的女儿纯洁聪敏，天真无邪。"

他走到桌子前拿起一个信封,从里面拿出一幅精致的铅笔画。

"您的女儿。"他说。

朱迪思看着画,署名是"迈克尔·加菲尔德"。

"他在小溪边为她画的。"波洛说,"在石矿树林。他说,画下来,他就不会忘记。他害怕会忘了。尽管这也阻止不了他对她下毒手。"

然后他指向画的左上角的铅笔字。

"您能看到这里写的是什么吗?"

她慢慢地拼了出来。

"伊菲琴尼亚。"

"没错,"波洛说,"伊菲琴尼亚。阿伽门农用自己的女儿献祭,以祈求海风带他的船到特洛伊。迈克尔会牺牲他的女儿,来给自己换取一座新的伊甸园。"

"他知道自己在做什么吗?"朱迪思说,"我怀疑——他会不会后悔呢?"

波洛没有回答。他的脑海中浮现出一幅画面:一个无比美丽的年轻人躺在刻有双斧的巨石旁,手里还紧紧抓着一个金色的酒杯。在报应突然到来,救走他的祭品的时候,他喝了杯里的酒,处决了自己。

迈克尔·加菲尔德就这样死了——罪有应得,波洛想。但是,唉,在希腊海的某个小岛上就不会有鲜花盛开的花园了……

但是还有米兰达——鲜活、年轻、美丽。

他执起朱迪思的手亲吻了一下。

"再见,夫人,代我向您的女儿问好。"

"她会永远记得您,记得您的恩情的。"

"最好不要——有些记忆最好还是埋藏起来。"

"晚安,亲爱的夫人。麦克白夫人和那喀索斯。非常有意思。感谢您让我经历这些——"

"对,对,"奥利弗夫人怒气冲冲地说道,"每次都是怪我!"

Hallowe' en Party
Copyright © 1969 Agatha Christie Limited. All rights reserved.
Letter for Chinese Reader, New Star Edition by Mathew Prichard © 2013 Mathew Prichard.
Translation © 2023 arranged by New Star Press, Agatha Christie Limited. All rights reserved.
www.agathachristie.com
The Poirot icon is a trademark, and AGATHA CHRISTIE, POIROT, *Agatha Christie*® and the AC Monogram Logo are registered trade marks of Agatha Christie Limited in the UK and elsewhere. All rights reserved.
Published by agreement with ACL.
Simplified Chinese edition copyright: 2023 New Star Press Co., Ltd.

图书在版编目（CIP）数据

万圣节前夜的谋杀 /（英）阿加莎·克里斯蒂著 ; 王若非，陈喆译 . -- 北京 : 新星出版社，2023.6
（阿加莎·克里斯蒂侦探小说全集 : 精装典藏版）
ISBN 978-7-5133-4914-7

Ⅰ . ①万… Ⅱ . ①阿… ②王… ③陈… Ⅲ . ①侦探小说 – 英国 – 现代 Ⅳ . ① I561.45

中国国家版本馆 CIP 数据核字 (2023) 第 055076 号

午夜文库
谢刚 主持